Introdução

Os anjos não são, todos eles, espíritos ministradores enviados para servir aqueles que hão de herdar a salvação? – Hebreus 1:14

Capítulo 1

"Força, força, só mais um pouco," a mulher de touca, máscara e avental hospitalares gritou por cima do berro choroso da paciente de pés apoiados no estribo da cama obstétrica.

"Aaaaaa, vou morrer..." Outro berro interrompeu a frase.

"Não vai," a médica disse, enquanto manobrava as mãos enluvadas na cabeça de cabelo negro do bebê. "Angélica, pronta?"

Ao ouvir a urgência na voz da médica, a enfermeira verificou o monitor cardíaco mais uma vez e se colocou ao lado da médica com um pano azul. Ela olhou de relance para o relógio de parede. Longas horas de trabalho de parto da jovem mãe solteira acompanhada de uma tia. Não muito diferente de outra menina de dezessete anos no dia de Natal quase quinze anos antes. Angélica fixou o olhar nas mãos habilidosas da médica e no rosto que surgia à sua frente. Um milagre. Mais um milagre da vida, que sempre surpreendia a experiente enfermeira.

O grito estridente cortou a sala de parto do Hospital Hope Lake, fazendo a tia da paciente franzir a testa e travar os dentes.

"Um menino," a médica disse e entregou o corpinho enrugado, coberto da cera esbranquiçada e gordurosa, para a enfermeira. Com movimentos ágeis, Angélica pegou o bebê e o colocou no colo da jovem mãe de cabelo liso ensopado de suor. Ela esfregou o peito da criança até que o choro se espalhou pelo quarto, arrancando lágrimas da tia.

"É meu, tia. Meu bebê," a mãe chorosa disse.

"Mateus. Dom de Deus. Vamos cuidar bem de você," a tia disse.

Angélica retirou o bebê da mãe e fez os procedimentos pós-parto necessários. Esta era a parte mais difícil do seu trabalho: o de segurar as lágrimas. A garota de dezessete anos tinha ficado no passado, embora a emoção de gerar uma vida permanecesse vívida em sua mente. Como profissional, Angélica fez o que se esperava dela até que o bebê fosse devolvido ao peito de sua mãe.

A médica colocou-se ao lado da paciente e lhe deu algumas instruções, que Angélica ouvia ao organizar a sala após o parto.

"Doutora Shuya, quarto dois," uma enfermeira afobada chamou da porta.

A médica arrancou as luvas sujas de sangue, jogando-as na lixeira e seguiu a enfermeira de cabelo longo negro preso em um rabo de cavalo.

Angélica tirou as próprias luvas, descartando-as. Aproximou-se da cama, onde o bebê de touca amarela, enrolado em uma manta hospitalar, abria a boquinha inchada, buscando sugar qualquer coisa que estivesse ao seu alcance.

"Enfermeira, pode ficar aqui uns minutos? Preciso ir ao banheiro. Agora que o nervoso passou… Sabe como, não é?" A tia da paciente, uma mulher de cabelo tingido de louro, apontou para a porta.

"Claro. Vá," Angélica disse.

A mulher passou como uma bala pela porta e sumiu no corredor de chão liso do hospital.

"Enfermeira, e agora?" A jovem tinha os olhos arregalados, e o queixo tremia.

Angélica olhou para a figura inchada, de bochechas avermelhadas, recostada no lençol amassado, e seu coração doeu como se uma lança fina o transpassasse. Quis abraçar a menina e seu bebê, dizer-lhes que tudo ficaria bem, mas não era seu papel. A compaixão explodiu em seu peito, como sempre acontecia quando uma jovem mãe nascia ao terminar o trabalho de parto.

Aproximando-se da cama, Angélica sustentou o bebê com a mão, empurrando-o mais para cima do peito da jovem. "Abrace-o, fale com ele."

"Mateus, sou sua mãe, Cely. Não sei como ser mãe, mas vou fazer o possível para aprender."

O bebê soltou um chorinho em resposta à voz suave. Angélica fingiu conferir o monitor cardíaco ao lado da cama. Uma conhecida cantiga de ninar saiu dos lábios de Cely. Depois da dor, a alegria. No caso de Angélica, ela só tinha conhecido a dor. Seus braços nunca conheceram o calor do corpinho enrugado. Seu anjo lhe tinha sido tirado antes que sentisse seu cheiro. O útero tinha ficado vazio. Seus seios pulsaram para alimentar a nova vida que Angélica não conheceu. Quanta ignorância e falta de misericórdia. Mas o que poderia ter esperado de seus pais, tão preocupados com regras de decoro que se esqueceram de apreciar o ato mais bonito e importante do mundo, de uma mãe recebendo seu bebê nos braços.

A tia voltou para o quarto, escovando o cabelo crespo. "Ui, achei que não daria tempo de chegar ao banheiro." Ela devolveu a escova para o bolso do casaco e aproximou-se da cama. "*Cuti, cuti, cuti*, lindeza da titia Délia."

Angélica saiu do quarto. O coração ardia. Ela passou para o lado de dentro do balcão, no posto de enfermagem, cumprimentou o enfermeiro de traços orientais que preenchia uns papéis na prancheta e passou o cartão magnético na copiadora encostada na parede. Acessou o arquivo no painel eletrônico, e algumas cópias em folhas de papel saíram na bandeja da máquina.

Uma gestante de camisola passou de braço dado com o marido e entrou em um dos quartos. Um homem com uma criança saiu do elevador segurando um buquê de flores. Um grito ecoou pelo corredor, e a criança olhou para o pai com cara de choro.

Aquela era a rotina de trabalho de Angélica. Uma rotina que ela aprendera a amar, apesar das turbulentas tempestades de emoção em suas entranhas. Porém, aquele era seu chamado. Não poderia estar em outro lugar a não ser na ala obstétrica de um hospital. Ali não estava sozinha. A vida brotava e a enchia de esperança quanto ao futuro. Deus tinha lhe prometido que não a abandonaria, mesmo nas noites de plantão. Mesmo quando chegava cansada em casa, encontrando apenas o silêncio. Aquela época do ano era a mais difícil. O frio, a neve, os dias curtos e escuros traziam melancolia no vento. Nem a decoração de Natal da pequena cidade tinha o poder de afugentar o fio de tristeza que ameaçava engrossar.

"Não vejo a hora de acabar o plantão," Margaret, a enfermeira de cabelo longo, disse.

Angélica olhou para o relógio de parede. "Saio agora. Preciso de um banho demorado." Ela tirou a touca de tecido e ajeitou o cabelo encaracolado no rabo de cavalo apertado.

Um enfermeiro saiu apressado, empurrando uma cadeira de rodas com uma gestante. Uma mulher mais velha e rechonchuda vinha logo atrás, tentando acompanhar o enfermeiro.

"Lá vou eu," Margaret disse e foi atrás do grupo.

Angélica acenou para a colega, entregou as folhas impressas para o colega oriental, pegou o casaco impermeável vermelho do cabideiro e saiu na direção do elevador. O hospital de Hope Lake podia ser pequeno, mas era agitado.

O número dois acima do elevador acendeu, e a porta se abriu. Angélica deu passagem a um casal de meia-idade antes de entrar. Ao sair pela porta principal de vidro, o mundo branco recebeu a cansada enfermeira. Pequenos flocos de neve flutuavam como algodão, cobrindo os carros estacionados e a ambulância parada no portão da emergência. A luz amarela da ambulância piscava na noite escura e fria. Angélica puxou o zíper do casaco e cobriu a cabeça com o capuz forrado com imitação de pele. Seus pés calçados com tênis afundavam na neve fofa e molhavam as meias. Ao limpar a neve do Nissan compacto preto, Angélica visualizou seu chuveiro com água quente e a cama macia com lençóis frescos.

Ela manobrou o carro no estacionamento e saiu na avenida principal de Hope Lake em direção ao centro, onde ficava seu apartamento de dois quartos. Uma das razões de ter saído da cidade grande era justamente poder pagar por mais espaço. Seu sonho era ter um quarto exclusivo para artesanato. As fitas, rendas, os papéis coloridos e as dezenas de caixinhas com botões e cordões coloridos podiam ficar expostos nos vidros e nas prateleiras. Angélica preenchia seu tempo vago produzindo cartões, capas de diário e o que mais sua imaginação pedisse. Ela garantia uma renda extra vendendo seus produtos *online*, porém mais por prazer do que por necessidade. Nos anos de carestia econômica, quando saíra da casa dos pais, ela aprendera a economizar. Com a profissão mais estabelecida, Angélica se dava certos luxos, embora nada comparado à abundância do passado, quando ela e sua mãe conviviam debaixo do mesmo teto. Abundância e falta de paz. Angélica preferia o aconchegante apartamento tranquilo e a renda limitada.

Estacionando o Nissan na garagem subterrânea do prédio de quatro andares, Angélica correu para o elevador. Cumprimentou o Sr. Orlando, que lhe sorriu e balançou a bengala. Ele segurava uma bolsa de plástico da farmácia.

"Folga amanhã?" ele perguntou.

"Finalmente," Angélica respondeu e fez um sinal para o homem entrar primeiro no elevador. "E o senhor está passando bem?"

"Novinho em folha, o médico disse." Ele bateu no peito e levantou a sacola. "Remédios para manutenção da saúde."

Angélica sabia que o casaco pesado escuro do vizinho escondia a cicatriz da cirurgia cardíaca. O procedimento não tinha tirado o vigor do homem alto e cabelo fino penteado. Ela apertou o botão do segundo andar. "Se precisar de alguma coisa, me chame."

"Estou bem. Quero mesmo que você descanse."

Os dois desceram do elevador e andaram pelo corredor acarpetado. Sr. Orlando tirou a chave do bolso da jaqueta e destrancou a porta do seu apartamento. Eles se despediram. Angélica destrancou a porta ao lado.

Ela tirou o casaco e o tênis molhado, e correu para a cozinha pequena, mas bem equipada. Ligou a chaleira elétrica e escolheu uma caixa de chá no armário branco. No caminho para o quarto, foi tirando o uniforme hospitalar azul. Passou no banheiro e ligou do chuveiro. Angélica puxou o roupão felpudo do armário e foi para o banheiro, onde deixou que a água quente massageasse o corpo dolorido. Lavou o cabelo grosso e o encheu de creme para controlar a rebeldia dos cachos. A pele amendoada recebeu uma camada generosa de sabonete líquido de leite de aveia. O sono ameaçou chegar. Angélica fechou a torneira e se envolveu na toalha macia. Passou o pente largo no cabelo, e os cachos se formaram como molas. Ela vestiu o roupão e passou creme no rosto ovalado de sobrancelhas escuras bem-feitas. Logo Angélica estava enfiada debaixo das cobertas, o chá de camomila na mesa de cabeceira.

Ela pegou a Bíblia de capa de couro e páginas bem manuseadas, e abriu nos Salmos. Seus dedos correram pelos versículos sobre consolo e refúgio marcados de azul. Por que ainda se sentia desconsolada? Angélica sabia o porquê. Fechando a Bíblia, ela suspirou e abriu a gaveta da mesinha ao lado. Tirou um livrinho acolchoado infantil sobre uma ovelhinha perdida que encontrou o pastor depois de se perder na campina. Angélica abriu o livrinho no meio e tirou uma folha de papel já amarelada. Nela, a impressão de um pequeno pé era o tesouro da mulher de olhos marejados. A única coisa que tinha de lembrança concreta do bebê. Do seu bebê, o anjo em forma de gente que Angélica tinha gerado e nunca cuidado.

Como sempre fazia nos últimos quinze anos, Angélica sussurrou: "Onde você está, meu anjinho?"

Capítulo 2

As fitas e os botões espalhados pelo tampo da mesa branca esperavam sua vez de decorarem mais uma capa de diário. Angélica apertou o gatilho da cola quente e prendeu a pequena árvore de Natal de acrílico no tecido vermelho. Com a ponta do polegar, ela pressionou a árvore e avaliou o resultado da decoração natalina na capa. Essa era a melhor época para as vendas de artesanato e a pior para as lembranças de Angélica. Na noite fria de Natal, o bebê viera ao mundo. Um bebê de lábios em formato de coração e chorinho manhoso. Ele lhe foi arrancado do seu ventre e dos seus braços e entregue a um casal estranho. A jovem mãe ingênua fora criada em um lar rigoroso, onde o julgamento eliminava a graça. O momento de irresponsabilidade e tolice, regado por uma paixão infantil e perigosa, tinha sido motivo de grande arrependimento na vida de Angélica. Porém, a vida gerada não fora um erro.

Uma lógica difícil de explicar, mas que fazia todo sentido para a mãe de braços vazios. A vida nunca era um erro.

A cola quente escorreu do gatilho e pingou na mão da mulher de gestos tranquilos, mas de coração inquieto. Angélica puxou a substância grudenta com as unhas bem-cuidadas e finalizou a capa do diário. No balcão atrás de si, outros diários estavam empilhados e prontos para envio. Angélica levantou-se da cadeira branca, tirou o celular do bolso do roupão e fotografou o novo diário. Fez o mesmo com os outros. Depois de editar as fotos, jogou-as no *website* de venda de artesanatos. O retorno das vendas mal dava para pagar sua conta de luz, mas Angélica não se importava. Tinha um bom emprego, embora puxado. Sua arte era fonte de descanso e prazer, assim como a leitura. Nada a impedia de utilizar suas habilidades em paralelo: a profissional e a criativa. Mesmo com plantões, Angélica tinha tempo de sobra. Outros colegas tinham família ou vida social cheia, o que não era o seu caso. Então cuidar dos outros e fazer artesanato mantinham as mãos e a cabeça ocupadas.

Angélica bebeu o resto do café na caneca decorada com uma árvore de Natal e foi para a cozinha, onde limpou o que tinha sujado na primeira refeição do dia. Na sala de estar, ela ajeitou as almofadas fofas no sofá cinza claro, abriu a persiana da porta de correr que dava para uma varandinha e saudou o dia ensolarado do seu mundo coberto de neve fresca. Do vidro da porta, ela viu um

pedacinho do lago entre as casas dos quarteirões à frente.
Angélica escolhera morar no prédio por causa da vista.
Quando ela chegou a Hope Lake um pouco mais de um
ano antes, logo entendeu que morar na beira do lago
estava fora do seu alcance. Porém uma conversa com o
Sr. Orlando no café da cidade a convencera de morar no
simpático prédio de telhado vermelho e varandinhas.

A temperatura mais amena daquele dia de novembro
convidou Angélica a uma longa caminhada. No quarto, ela
abriu a cortina branca, deixando a luz natural entrar, e fez
a cama de lençóis e colcha brancos. Gostava do seu mundo
em ordem, pelo menos o que estava sob seu controle.
Quando as tempestades internas batiam no peito, Angélica
buscava a serenidade do apartamento.

Em minutos, ela estava pronta e agasalhada para
a caminhada com o casaco impermeável acolchoado
vermelho-Natal. Angélica tomou a rua principal e seguiu
na direção do lago no trecho onde uma pista de caminhada
serpenteava por entre os pinheiros. Era folga para ela, mas
dia de trabalho para os moradores de Hope Lake. Assim
ela era uma das poucas frequentadoras da pista do lago nos
dias de semana, principalmente nas estações frias.

Angélica cobriu as orelhas com a touca branca e apertou
o passo na trilha parcialmente coberta por neve, o solado
da botinha de caminhada deixando pegadas brancas.
Naquela época do ano, uma camada fina de gelo já cobria
o lago, mas os patos não se importavam; deslizavam pelo

espelho d'água como se fosse alto verão. A vista nunca decepcionava Angélica naquele trecho, principalmente porque sabia onde a trilha acabava: na casa de vidro, como ela a chamava.

No silêncio à sua volta, Angélica parou ao avistar a casa. Ela esfregou as mãos enluvadas e as enfiou nos bolsos do casaco. O vapor do seu hálito quente subiu no ar gelado. Angélica aproximou-se da passarela que levava à casa, mas parou quando viu movimento no interior. A casa estava abandonada havia anos, segundo o Sr. Orlando. Quem então teria invadido o lugar? Escondendo-se atrás de um pinheiro, Angélica observou o movimento de um homem dentro da casa de vidro. Ela afastou os galhos da árvore para ter uma visão melhor. O invasor carregava uma caixa de metal e um balde, que Angélica identificou como uma caixa de ferramentas e um balde de tinta.

Angélica saiu do posto de observação e andou até a estrada que dava na casa. Uma caminhonete estava carregada com caixas de papelão. Quem estaria se mudando para a casa de vidro? Uma coisa era certa: Angélica não teria mais liberdade de apreciar o lugar quando os novos moradores chegassem.

De volta ao seu prédio, Angélica bateu à porta do Sr. Orlando. Ela ouviu o barulho da bengala no chão de madeira. Logo o homem de cabelo ralo surgiu.

"Ah, Angélica. Já voltou da caminhada?"

"Já. Lindo dia. E vi algo curioso," ela disse.

"Então entre para um chá e me conte." O Sr. Orlando afastou-se para Angélica passar. O ambiente masculino mostrava que o tenente do exército aposentado se importava em expressar sua força nos móveis de couro e madeira.

Angélica sentou-se na banqueta do balcão que separava a cozinha da sala e observou o vizinho preparar um café para si e um chá para ela.

"O que viu de curioso?" Ele serviu o chá em uma caneca.

"A casa do lago não está mais vazia." Ela lhe contou sobre o homem, as ferramentas e as caixas na caminhonete.

"Novidade para mim, mas vou descobrir. Espero que não destruam a beleza da casa. Deve ser estranho viver em um lugar que mais parece um aquário, mas a casa é quase um patrimônio de Hope Lake." Sr. Orlando bebeu um gole do café fresco.

"Quanto tempo a casa ficou vazia?" Angélica tirou a touca e a guardou no bolso junto às luvas. O cabelo encaracolado liberou-se da prisão.

Sr. Orlando franziu a testa como se fizesse contas. "Uns três anos. O último dono faleceu, e os filhos nunca se importaram em vendê-la."

"Será que um dos filhos se mudou para lá ou alguém a comprou?" Angélica bebericou o chá de maçã com canela.

"Duvido que seja um dos filhos. Eles moram em cidade grande. Que eu saiba, nunca mais vieram a Hope Lake desde a morte do pai." Sr. Orlando passou para o outro lado do balcão e convidou Angélica para se sentar no sofá. Ela pegou a caneca e se sentou. O distinto senhor acomodou-se na poltrona marrom e deixou a bengala do lado. "E o trabalho? Muitos bebês?"

Angélica ganhou tempo para dar uma resposta neutra, bebendo mais um pouco do chá. O homem não sabia dos seus braços vazios. Para que trazer mais tristeza a ele, que foi abandonado pelos filhos? "Andamos bem ocupados na nossa ala."

"Bebês de Natal." Sr. Orlando soltou uma risada forte, que ecoou pela sala.

Angélica, porém, não tinha motivo algum para rir: bebês de Natal, como o seu.

Mudando a conversa de curso, ela perguntou-lhe sobre seu assunto preferido: a administração do Prefeito Mateo. As Grandes Guerras e a política conseguiam distrair Sr. Orlando de qualquer outro assunto. Ele passou a falar das melhorias que o prefeito tinha feito e as que deveria fazer. No entanto, Angélica não absorveu as palavras. As únicas que martelavam em seus tímpanos eram "bebês de Natal".

Capítulo 3

As pegadas na neve mostravam idas e vindas na passarela que ligava o jardim coberto de neve à casa de vidro no lago. Ela parecia flutuar na água espelhada com uma fina camada de gelo. Ao redor, pinheiros polvilhados de neve fresca formavam uma cerca viva e protegiam a privacidade dos novos moradores da casa do lago.

Natália pegou uma caixa com livros do banco traseiro da caminhonete do pai e voltou para a casa, deixando mais pegadas na passarela. A jovem tirou a botina na entrada da sala de estar e foi para seu novo quarto. O par de meias felpudas protegia os pés do frio do piso. Precisava convencer seu pai a comprar tapetes para a casa. Natália colocou a caixa com livros sobre outras com seus pertences e levou as mãos à cintura. Pelo menos as paredes dos quartos não eram de vidro. A ideia de comprar a casa no fim do verão parecia ótima, mas no inverno, a sala cercada de paredes de vidro não era tão aconchegante. Seu pai insistira em arrumar um lugar diferente para ele e a filha como forma de se distraírem da tragédia da perda da esposa e mãe. Tia Marina, que não andava bem de saúde, convidara o irmão para se mudar para Hope Lake. Natália tinha em mente outro tipo de moradia quando o pai sugeriu a mudança.

Se a sala de estar parecia fria com tanto vidro, o quarto de Natália não precisava ser. Ela o decoraria e o prepararia para o longo inverno. Seu pai prometera levá-la à loja de departamento para escolher umas coisas.

"Natália." A voz veio pelo corredor.

"No quarto," a jovem de cabelo longo ondulado respondeu.

O homem de cabelo castanho surgiu à porta. Ele segurava uma caixa de papelão. "Pegou tudo do seu quarto na caminhonete? O caminhão de mudança chega em meia hora."

"Peguei. Vou arrumar as roupas no armário antes que o resto chegue."

O homem sorriu para a filha. "Essa pose aí, com as mãos na cintura?"

"Adivinha."

"Decoração de inverno." O homem afrouxou o cachecol amarelo e desceu o zíper do casaco preto até a metade.

"Eu sinto frio." Natália puxou a manga do casaco acolchoado grená e apontou para a touca de lã da mesma cor na cabeça.

"Você puxou sua mãe. Não se preocupe, vamos dar um pulo na loja depois que descarregarmos o caminhão." Ele piscou um olho para a filha e saiu pelo corredor.

Natália abriu uma das caixas com a palavra 'roupas' escrita no papelão. Ela começou a passar as roupas para o armário embutido. Pendurou várias peças nos cabides. Sem o restante dos móveis, as outras caixas teriam que esperar. A tampa de uma das caixas estava semiaberta, e Natália tirou um livro. Com as mãos enluvadas, ela passou os dedos pela capa. Era sua última aquisição da coleção da Agatha Christie, que comprara na livraria de Hope Lake. A moça que cuidava da loja, Amelie, prometera avisar Natália quando chegasse *O Mistério do Trem Azul* e outros livros mais antigos da Dama do Crime. Completar a coleção de livros da autora era um plano que Natália e sua mãe, Alice, tinham. Começaram a coleção quando Natália tinha doze anos. Nunca completaram o plano com a morte precoce da mãe um ano e meio antes em uma estrada escorregadia no inverno. Continuar a coleção seria uma forma de manter o elo entre Natália e a mãe através de algo que tinham em comum. Os livros uniam as duas.

Natália devolveu o livro para a caixa e puxou o celular do bolso do casaco. Ela tirou as luvas e fez uma busca na Internet. Voltou ao *website* da loja de departamento. Olhou ao redor do quarto e anotou no celular o que precisaria para transformar o quarto frio em um ambiente aconchegante. Ela pensou em uma estratégia para convencer o pai a instalar uma cadeira-balanço na viga do teto. A cadeira no *website* era branca, acolchoada e perfeita para leitura. Na verdade, era uma espécie de rede em forma de poltrona. Natália olhou para a viga no teto. Seu pai arquiteto poderia reclamar de ter que furar a viga. Não custava tentar, Natália considerou.

O restante da decoração seria em branco e cinza com alguns detalhes em lilás. E o tapete seria bem macio e peludo.

Christopher chamou a filha e avisou que o caminhão tinha acabado de chegar. Natália arrastou as caixas para um canto do quarto e foi para fora ajudar o pai a direcionar os homens do caminhão para os aposentos certos. Eles trabalharam de forma coordenada e, uma hora depois, os poucos móveis de Christopher e Natália estavam em seus lugares.

Pai e filha desencaixotaram os itens de cozinha primeiro. Depois rearranjaram os móveis da sala.

Quando Natália voltou para seu quarto, arrumou tudo correndo para arrastar o pai para a loja. Os dois saíram no meio da tarde. A noite já começava a cair, assim como a neve. Passaram na rua principal da praça, com o coreto decorado para o Natal e a livraria com um presépio na vitrina.

Na loja de departamento, Natália e Christopher encheram vários carrinhos de roupas de cama e banho, tapetes, panelas novas e objetos avulsos de decoração. Na volta para casa, eles pararam no mercado.

Abastecidos, Natália e Christopher guardaram os mantimentos e começaram a decorar a casa. O jantar improvisado de macarrão instantâneo e legumes enlatados foi consumido rapidamente. Logo pai e filha voltaram ao trabalho.

A neve engrossou. Os flocos grandes colavam na fachada de vidro da casa. Natália tinha convencido o pai a instalar a cadeira. Seria seu ninho de aconchego, como o abraço da sua mãe. O barulho da furadeira indicava que Chris aceitara a argumentação da filha. Era igualmente difícil para um e outro aceitar a morte de Alice. Natália sabia que seu pai se sentia menos melancólico quando se distraía com os projetos de arquitetura e os pequenos projetos que a filha lhe pedia.

Natália terminou de lavar a pouca louça do jantar e foi para o quarto. Correu para abraçar o pai ao ver a cadeira-balanço oscilando de um lado para o outro.

"Enrolei as cordas na viga e só fiz um furo." Christopher beijou a cabeça da filha.

"Sabia que iria arrumar o jeito." Natália sentou-se na cadeira, deixando-se levar pelo movimento vagaroso. Olhou para a cama coberta com a grossa colcha branca e cinza. O tapete felpudo cobria quase todo o chão do quarto.

"O que vai inventar depois?" Chris perguntou e empurrou as cordas da cadeira, fazendo-a girar.

"Por enquanto, nada." Natália pulou da cadeira. "Pai, sei que andei um pouco nervosa com essa mudança. Me desculpe."

Ele fez um carinho com os dedos no rosto da filha. "Não tem sido fácil. Peço que Deus nos dê alegria de viver aqui em Hope Lake."

"É o lago da esperança, não é?" Natália abraçou o pai pela cintura.

"Sim. O lago da esperança."

Capítulo 4

No dia seguinte, ainda de folga, Angélica vestiu a roupa de frio e saiu para caminhar logo cedo. A rotina e a curiosidade a levaram à pista de caminhada. A neve que caíra na noite anterior deixara um cobertor branco sobre a pista e tudo mais ao redor. Sentindo a maciez da neve sob o solado da botina, Angélica apertou o passo. Um homem passou correndo com um boxer amarrado na coleira. A língua do animal marrom balançava no vento. O corredor levantou a mão em um cumprimento e seguiu na direção contrária.

Chegando à muralha de pinheiros, Angélica espiou por entre os galhos carregados de neve. A caminhonete não estava na frente da casa. Talvez na garagem. A fumaça tranquila saía pela chaminé. Definitivamente a casa do lago estava habitada. Do posto de observação, Angélica não viu qualquer movimento na sala de estar, mas notou os móveis que não estavam lá no dia anterior.

Ela deu um pulo quando o celular tocou no bolso do casaco. Como se tivesse sido pega em flagrante, Angélica afastou-se das árvores antes de atender à ligação da mãe. Conhecendo Regina, Angélica não acharia estranho a mãe ter descoberto sua indiscrição, pois tinha o poder de achar e apontar culpa na filha.

"Mãe, bom dia." Angélica caminhou lentamente pela pista branca, inspirando o ar gelado, preparando-se para o ataque do outro lado da linha.

"Custou a atender, hein. Não é seu dia de folga? O que anda aprontando?" A voz do outro lado da ligação entrou pelo ouvido de Angélica, causando-lhe arrepios.

"Estou caminhando." O que a mãe acharia de errado nisso?

"Caiu muita neve. Vi no noticiário. Você pode cair e torcer a mão."

Torcer a mão? Que comentário sem nexo. Angélica inspirou. "Não vou cair."

"Mas você já caiu antes."

"Mas não vou cair hoje." Angélica trincou os dentes. Olhou para o lago em processo de congelamento. Seu coração vinha num processo de congelamento em relação à mãe desde o dia fatídico da revelação da gravidez precoce. Deus lhe dava gotas de domínio-próprio nessas horas de ataques.

"Não diga que não avisei. Bom, não liguei para falar da sua caminhada."

Angélica parou, os pés afundando na neve. Teve um pressentimento ruim. "Algum problema?" Talvez a mãe começasse a ladainha a respeito da tia Silvia, estagnada no emprego público e solteirona.

"Andei pensando. Não sei muito da sua vida aí nessa cidade. Como é o nome mesmo?"

Como se ela não tivesse vasculhado a Internet para obter o máximo de informação para jogar na cara da filha. "Hope Lake."

"Isso. Pensei que lhe devo uma visita."

Angélica quis se jogar na neve, cobrir-se com ela e ficar hibernando até a primavera. "Não vai para o Caribe no Natal?" Uma mudança na rotina de fim de ano da mãe não era um bom sinal.

"Pilar vai fazer uma cirurgia. Nora decidiu passar com os netos. O grupo minguou este ano."

Angélica quase podia ver a mãe revirar os olhos como uma adolescente indignada com a traição das amigas igualmente venenosas. "Vou estar ocupada. Só tiro férias em março."

"Está dizendo para eu não ir?"

"Estou dizendo que não vou poder te dar a devida atenção." Quem revirou os olhos foi Angélica.

"Não preciso que você me paparique. Preciso sair daqui e espairecer. O trabalho voluntário no museu tornou-se um tédio. Inventaram uma exposição de instrumentos médicos da Era Medieval. Veja se quero organizar isso? O que aconteceu com a boa arte?"

"Não sei o que aconteceu."

"É uma pergunta retórica, Angélica. Não precisava responder." A mãe soltou um suspiro.

"Sei."

"Voltando ao assunto da visita, planejei chegar na próxima quarta. É sua folga, não é?"

A mulher não deixava escapar nada. Angélica pensou numa desculpa. Não encontrou algo que não causasse mais atrito entre ela e a mãe. "É."

"Perfeito. Chego, então, quarta-feira às cinco."

Não era por volta das cinco. Era às cinco. Como a mãe conseguia ser tão pontual era uma incógnita. Seu pai, quando vivo, sofria com o excesso de pontualidade dela. Santo homem.

As duas se despediram, não sem antes de Regina cutucar a filha sobre a vida solitária de solteira. "Vai acabar como sua tia Silvia." Aquele era o deleite da mãe: dizer que a filha ficara encalhada e que a culpa era da gravidez precoce. Não adiantava dizer a ela que Angélica não tinha encontrado o homem capaz de aceitar uma mulher um pouco mais velha (trinta e dois anos era velha no padrão da mãe) e com um passado triste. Não precisava de alguém mais para jogar na sua cara que se deixara levar pela paixão adolescente.

Pecado sem perdão, no conceito da mãe.

Angélica saiu da pista e seguiu na direção da rua principal, indo no sentido contrário ao do apartamento. Precisava passar um tempinho no lugar mais especial da cidadezinha: a livraria. Além do Sr. Orlando, Angélica fizera outras amizades. Uma delas era Amelie. Ela administrava a livraria. Chegara a Hope Lake de uma forma inusitada. Segundo Amelie, Deus lhe dissera que depois de uma curva na estrada sinuosa, ela deveria parar. Na chuva, ela chegara a Hope Lake e à livraria, onde fora acolhida por Estela e Geraldo, os antigos donos da loja. Sua outra amiga era Viola, a nova dona da livraria. A mulher também chegara a Hope Lake para mudar de vida. Autora de romances eróticos no passado, ela agora transformava as palavras em histórias de fé e esperança. Angélica não encontrara uma oportunidade para falar da gravidez e do bebê desaparecido com as amigas. Talvez resistisse por medo. Sua mãe a doutrinara para que sentisse vergonha, culpa. Por mais que tentasse, Angélica não conseguia se libertar das garras da acusação.

Tirando o gorro, ela entrou na livraria. A sineta balançou no alto da porta. Para felicidade de Angélica, e certamente de Amelie e Viola, a livraria estava cheia àquela hora. Umas clientes circulavam pelos corredores de prateleiras, cada uma comentando sobre um livro.

Amelie acenou para Angélica. De cabelo Chanel e franjinha, ela parecia uma menina, ainda mais com a saia plissada vermelha. Nem parecia uma típica mulher de prefeito. Ela e Mateo tinham se casado alguns meses antes. O casamento foi o acontecimento do ano.

Angélica abraçou a amiga. Queria apagar o diálogo tenso da mãe ouvindo palavras de ânimo de Amelie.

"Que bom que veio. Chegou outro romance de Natal." Amelie esticou-se por cima do balcão e puxou um livro da gaveta. "Olhe."

As duas mulheres tinham se aproximado por causa dos livros natalinos. Desde que chegara a Hope Lake, Angélica encontrara a livraria e Amelie oferecendo-lhe boa leitura e consolo.

A capa do livro que Amelie balançava era em alto relevo: a imagem de uma praça coberta de neve e uma árvore de Natal no meio. Debbie Macomber. A Dama do Natal fazia sucesso com as histórias singelas, que viravam filmes deliciosamente clichês. "Nossa amiga Debbie nunca desaponta." Ela fez o sinal de aspas no ar ao pronunciar a palavra 'amiga'.

Angélica tinha ido ao lugar certo para tirar o peso do coração depois da ligação da mãe. Ela pegou o livro e o abraçou. "Não vou começar já porque senão leio tudo hoje. Quero deixar para dezembro. Se chegar mais, me avise. Vou juntando a coleção."

O grupo de mulheres se aproximou do caixa, e Amelie assumiu seu papel atrás do balcão. Ela piscou para Angélica, que entrou no corredor de prateleiras. Sentir o cheiro de papel lhe acalmava. O telefonema da mãe a deixava apreensiva quanto à visita que ela lhe faria. Quantos dias Regina ficaria? O apartamento de Angélica tinha o tamanho ideal para uma pessoa. Duas se não tivesse o espírito crítico da mãe.

Quando as clientes saíram da loja, Angélica voltou para o balcão. Pagou o livro e o colocou na bolsa.

"Está preocupada? Alguma coisa no hospital?" Amelie perguntou.

"Minha mãe vem passar uns dias comigo. Chega na quarta que vem." Angélica já tinha falado para a amiga sobre o gênio difícil de Regina.

Amelie apertou a mão da amiga sobre o balcão. "No seu apartamento? E se ela ficar aqui na pensão? Vai sair um hóspede na terça-feira."

Angélica não se imaginava sugerindo à mãe que ficasse na pensão ao lado, propriedade de Estela e Geraldo. "Ela iria achar um insulto. Falaria que eu estava escondendo alguma coisa. Talvez um homem." Angélica riu da própria piada.

Amelie soltou uma gargalhada. "Um homem escondido no armário."

"É horrível falar isso, mas talvez ela fique pouco tempo quando vir o tamanho do apartamento."

Um senhor idoso de suéter natalino entrou, e Angélica aproveitou para se despedir de Amelie.

Na rua, a enfermeira olhou para o céu carregado, que prometia mais neve. Ao passar pela pracinha, ela viu uns

moradores montando o presépio ao lado do coreto. O
dono do armazém carregava José e um camelo debaixo dos
braços. Maria já esperava dentro da estrebaria. Angélica
acenou para o homem, que retribuiu o cumprimento com
um sorriso. Ela parou um instante quando viu um vulto
correr da estrabaria para trás do coreto. Em princípio,
Angélica achou que se tratasse de uma criança, mas ao ter
uma breve visão do rosto, ela identificou a pele enrugada e
o cabelo alvo como algodão. A imagem desapareceu atrás
do coreto.

Angélica ficou parada um instante, esperando que
a mulher saísse do outro lado do coreto, mas nada
aconteceu. Dando de ombros, ela seguiu para casa. Tinha
algo urgente a fazer no seu último dia de folga antes
da chegada da mãe: fazer uma faxina detalhada no
apartamento imaculado.

Capítulo 5

A árvore de Natal na sala de espera do Hospital
Hope Lake tentava animar os pacientes com as
poucas luzes mal-arranjadas nos galhos sintéticos. As bolas
coloridas e gastas pendiam das pontas dos galhos sem uma
ordem específica. Angélica foi tirando o casaco pesado
ao passar pela porta de vidro, entrando em seu mundo
profissional. Que triste árvore, ela refletiu. Ela passou
pelo balcão de atendimento, acenou para a enfermeira
da triagem e encostou o cartão de acesso no controle
para destravar as portas automáticas. Seu plantão seria
na emergência naquele dia. Hospital pequeno era assim,
todos faziam de tudo. Angélica esperava atender crianças
com bronquite, idosos com gripe e outras urgências
comuns ao inverno que chegava.

Ela foi até o balcão da enfermagem, cumprimentou os
colegas de plantão e guardou o casaco e a bolsa no armário
embutido. Um médico com feições indianas passou com

uma prancheta e entrou no quarto fechado com cortina. Angélica respirou fundo. Estava cansada da faxina do dia anterior. Limpar o que estava limpo era um desafio. Ainda assim, sua mãe acharia pó debaixo de um móvel ou coisa parecida. Angélica fora criada em um ambiente esterilizado. Nada da sua mãe ficava fora do lugar. Ela limpava tudo até brilhar ou descascar. E se descascasse, ela trocava. Não justificava a explicação de que sua avó sofria de transtorno de acumulação compulsiva. De fato, Angélica detestava navegar no mar de tralhas da avó: jornais, caixas vazias de produtos diversos, roupas de brechós, garrafas de refrigerante vazias. Uma montanha de coisas inúteis que a avó se recusava a jogar fora ou doar. Regina tinha ido para o lado oposto. Acabava jogando fora coisas úteis. O pai de Angélica, quando vivo, escondia seus pertences preferidos para não pararem no lixo.

A enfermeira inspirou o ar com cheiros hospitalares. Talvez ela própria tivesse pegado a mania de limpeza da mãe, embora tentasse relaxar mais com certos exageros. Não era de arrastar os móveis todos os dias na busca de uma partícula de poeira invasora.

"Angélica, o Dr. Singh precisa de você." O colega de uniforme de enfermagem azul-escuro apontou para o quarto fechado com a cortina.

Angélica ajeitou o estetoscópio e puxou a cortina. O médico atendia uma jovem com um corte no cotovelo. A enfermeira reconheceu Natália e o pai.

"O que temos aqui?" Angélica sorriu para Natália, cumprimentou o pai com um gesto de cabeça e aproximou-se do médico.

"Ela precisa de pontos." Ele arrancou uma folha do bloquinho de receitas. "Aqui está a receita de antibiótico." Com a cara cansada, ele passou a folhinha para o pai da moça e saiu do quarto.

Angélica segurou no braço de Natália e avaliou o corte. Recentemente ela tinha sido treinada pelo Dr. Singh para fazer suturas simples, outra vantagem de hospital menor para enfermeiras experientes como ela. "Vamos fechar isso e deixar bem bonito."

Natália franziu a testa. "Bonito?"

A enfermeira puxou o carrinho de metal com instrumentos de sutura. "Se cuidar direito não vai ficar cicatriz."

O pai, que estava no canto do quarto, aproximou-se. De óculos de armação arredondada, ele passou a mão pela testa tensionada. "Saiu bastante sangue."

Angélica esforçou-se para se lembrar do nome dele. Porém, apenas sorriu. Enquanto cuidava do corte, ela imaginou como seria para a jovem ter perdido a mãe tão cedo. Não sabia muito da história, mas o suficiente para se lembrar de quando a conhecera, um ano antes. Angélica esperava que Natália e o pai tivessem encontrado consolo em Hope Lake.

Terminado o trabalho, Angélica tirou as luvas e lavou as mãos na pequena pia. Voltou para a paciente e sorriu. "Agora me conte o que aconteceu."

"Escorreguei no banheiro e bati o cotovelo na porta de vidro do chuveiro." O cabelo escuro ondulado de Natália escapava do rabo de cavalo. Ela usava uma calça de moletom e uma camiseta branca, que estava respingada de sangue.

"Saiu sangue demais," o pai repetiu.

Natália revirou os olhos. "Ele não pode ver sangue."

Angélica examinou o rosto pálido do homem alto de sobretudo estiloso e cachecol amarelo. Era evidente o desconforto dele no ambiente hospitalar. Ela já vira homens fortes e corajosos desmaiarem no hospital. A coragem ficava do lado de fora. "Não se preocupe. Esses cortes parecem piores do que são. Natália vai se recuperar logo."

Ele estendeu a mão para ela. "Já nos vimos várias vezes, mas nunca nos apresentamos de verdade. Angélica, não é? Sou Christopher."

Ela apertou a mão gelada e úmida dele. "Sua filha é especial." De onde ela tinha tirado aquele comentário? Não conhecia Natália tanto assim para descrevê-la como especial. Porém, os filhos eram sempre especiais. O bebê que Angélica tivera era especial, embora não soubesse nada dele. Alguém longe de Hope Lake tinha o privilégio de cuidar do seu bebê especial.

Christopher beijou a cabeça da filha. "Ela é, sem dúvidas." Ele a ajudou a descer da cama alta e a vestir o casaco. "Obrigada, Angélica."

"Posso fazer esforço?" Natália perguntou ao enfiar o braço com cuidado na manga do casaco branco. "Estamos fazendo mudança."

Angélica arregalou os olhos. "Vão embora daqui?"

Christopher puxou o zíper do casaco da filha. "Pelo contrário. Compramos uma casa e decidimos ficar."

Um alívio estranho e gostoso correu pelo peito de Angélica como a sopa quente do seu amigo Geraldo, dono da pensão. "Que notícia boa. Larissa deve estar feliz."

"Está." Christopher passou o braço de forma protetora sobre os ombros da filha. "A mãe dela é minha irmã. Marina tem seus altos e baixos de saúde. Achei melhor ficar e ajudar. Também gostamos muito de Hope Lake."

Os braços vazios de Angélica pareciam pulsar da dor da falta. Ela pouco abraçava ou era abraçada. Sua mãe não gostava de contato físico. Seu pai, que costumava abraçar e beijar a filha, tinha partido para a última morada. Qual tinha sido a última vez que Angélica abraçara alguém? Amelie, Viola. Abraços rápidos de amizade.

"Fico feliz em saber que gostam de Hope Lake e que vão ficar." Angélica engoliu um nó na garganta.

Pai e filha agradeceram e saíram. Ele, alto. Ela, baixa. Ele, cabelo castanho liso. Ela, cabelo escuro, ondulado. Provavelmente puxara à mãe falecida. O amor, porém, era o mesmo. Natália passou o braço pela cintura do homem alto. Os dois sumiram ao virarem o corredor.

O plantão seguiu como esperado: bronquite, amigdalite, cortes e torções. Doze horas depois, Angélica vestiu o casaco e saiu no estacionamento escuro, coberto de neve. Sob a luz do poste, ela limpou a neve fofa que cobria o para-brisa do carro com uma vassourinha. Tudo ao redor era um grande sorvete branco. Angélica tomou a avenida e entrou no centro de Hope Lake. As lojas estavam fechadas e apagadas. As luzinhas de Natal piscavam nas fachadas e nos pinheiros da praça.

Em casa, ela tomou um banho quente e vestiu o pijama de flanela e o roupão. No corredor, ela abriu o armário embutido e olhou para as caixas de plástico com etiquetas, duas delas escrito "Decoração de Natal". Ela fechou os olhos e pressionou o polegar entre eles. No Natal passado, ela não tivera coragem de montar uma árvore. Recém-chegada a Hope Lake, suas emoções eram um mar revolto. Porém, Angélica estava decida a fazer novas histórias na cidadezinha para tapar o rombo no peito. Nada substituiria seu bebê, mas queria o peito repleto de amor.

Angélica fechou o armário. Estava cansada demais para tomar uma decisão. A ideia de arrumar um pinheiro natural descia na lista de prioridades.

Enfiada sob as cobertas pesadas, ela olhou para os flocos de neve que caíam além da janela. Pensou em Natália. Ela estaria bem aconchegada em casa com seu pai. Não tinha mais a mãe para abraçá-la, mas tinha Christopher, Larissa e Marina.

Angélica se abraçou. Sua oração se perdeu no mundo inconsciente.

Capítulo 6

P atético. Era exatamente isso que a enfermeira devia
ter pensado dele. Um homem daquela altura,
pai de uma jovem corajosa, arquiteto de sucesso,
quase desmaiando com uma gota de sangue. Quando
Christopher vira o corte de Natália horas antes, o sangue
pingado no tapetinho do banheiro fez sua cabeça girar.
Nunca sofrera desse mal até ter visto Alice esmagada nas
ferragens do carro. Como um corpo humano podia ficar
irreconhecível daquela forma? As luzes dos bombeiros, das
ambulâncias e dos carros de polícia brilharam na noite
trágica. Fim. A vida tinha um ponto final em algum lugar,
até no meio de um capítulo ou frase.

Christopher cruzou os pés em cima do *puff*, as meias de
lã esquentando seus dedos. O frio que sentira no hospital
uma hora antes ainda percorria seu corpo. A casa de vidro
estava aquecida pelo sistema a gás, e a lareira queimava a
lenha. Christopher olhou pela parede de vidro da sala de

luzes apagadas e viu o vazio da noite do lado de fora. Os flocos de neve caíam em câmera lenta. Ele se sentia em um globo de neve de decoração de Natal.

A imagem da enfermeira competia por atenção na mente de Christopher. O cabelo escuro puxado em um apertado rabo de cavalo deixava o rosto amendoado todo à mostra. Por que ela lhe lembrava alguém? E quem? As sobrancelhas grossas e bem delineadas poderiam ser de qualquer mulher. Elas faziam as sobrancelhas em salões e ficavam parecidas umas com as outras. Mas não. As sobrancelhas de Angélica não eram adulteradas. Christopher era arquiteto. Entendia de harmonia e beleza. A enfermeira tinha uma beleza clássica, de formas alinhadas e suaves.

Ele riu com a comparação da mulher a linhas arquitetônicas. Porém, imediatamente, o riso cessou e deu lugar à conhecida tristeza. Ela era sua companheira noite e dia desde que Alice falecera. Não tinham um casamento perfeito, mas de muito companheirismo. Choraram e riram muito juntos. Agora Chris chorava sozinho. Se não fosse pela saúde ruim de Marina, ele e Natália nunca teriam optado por Hope Lake. Sua irmã sofria com dores no corpo. Uma doença autoimune, o médico sugerira. Ela tinha bons dias, maus dias. Larissa sofria com a mãe. A chegada de Chris e Natália animaram a família. Na verdade, Christopher comprara a casa no lago justamente porque se via parte da comunidade. Não conhecia muita gente, mas o suficiente para gostar do lugar.

Ele ajeitou o corpo na poltrona aconchegante de couro, apertando mais a faixa do roupão. O rosto de Angélica voltou à mente. Ela tinha um jeito tranquilo. Suturara o corte do cotovelo de Natália com rapidez. Chris não olhara, mas logo ela avisou que tinha terminado. Ele sentira a mão morna e pequena dela na sua quando se cumprimentaram. O toque era como de uma pena na pele: leve, suave. Tudo nela era suave, até a voz.

"Pai?" A voz veio por trás dele. Natália apertou os ombros de Christopher. "Não vai para cama? O dia foi longo e cansativo."

Ele a puxou pela mão e a fez sentar-se no braço da poltrona. O cabelo longo e grosso escorria pelos ombros cobertos com o roupão. "Estava aproveitando a vista."

"E pensando na mamãe." Os olhos dela brilharam no escuro, as chamas da lareira refletindo neles.

"Não tem como ser diferente."

Natália enlaçou o braço no pescoço do pai. "Não mesmo."

O crepitar da lenha sendo consumida pelo fogo espalhava-se na sala. A neve continuava a cair em câmera lenta como pequenos pedaços de algodão.

"E o cotovelo?" ele perguntou.

"Não dói. Só repuxa um pouco."

"O que vai fazer amanhã? Não dá para arrumar as coisas da mudança que ainda faltam."

"Meu quarto está arrumado. Acho que vou passar na livraria. Tenho um projeto do livro para a escola. Tenho que entregar antes do recesso de fim de ano."

Chris virou-se na poltrona e olhou para a filha. "Está gostando da escola?"

"Já tem quase um ano que estou nessa escola. Por que pergunta?" Natália jogou o cabelo para trás.

"Você tinha dito que sentia falta dos colegas da outra escola."

"Os colegas são legais, mas ainda não fiz nenhum amigo de verdade. Acho que porque não quero falar da mamãe."

Christopher acariciou o rosto da filha. "Sei como é. Também não converso sobre isso. As pessoas sabem, mas não puxam papo. Melhor assim."

"Vamos ficar bem?"

Chris engoliu em seco. O que significava ficar bem? "Imagino que sim."

Natália beijou o pai e foi para o quarto. Ele continuou assistindo à neve cair. Com os olhos no céu escuro, Chris fez uma oração. Imaginou-a subindo, subindo até chegar ao Trono de Deus. Os anjos estariam de plantão naquela noite fria? Um deles seria destacado para descer à Terra e ajudar pai e filha?

Natália abraçou o travesseiro e enxugou os olhos na ponta da fronha. Como lhe doía ver o pai triste. Seu coração era dividido em dois compartimentos: um para a mãe, outro para o pai. O da mãe estava cheio de dor e saudade. O do pai, amor e tristeza. Muitas vezes Natália escondia seus sentimentos para não deixar o pai preocupado. Ele tinha muitas responsabilidades no trabalho. Não precisava de preocupação extra. Até o pequeno corte no braço de Natália o tinha deixado atordoado. Alguma coisa se rompera nele quando sua mãe morreu, deixando-o viúvo. Era como se a esposa o sustentasse de alguma forma, na opinião de Natália. O último ano tinha sido difícil. Ele andava mais calado e sorria pouco. Nem parecia ter o mesmo gosto pelo trabalho como antes.

A jovem olhou pela fresta da cortina para a escuridão. Deus ouvia mesmo suas orações? Natália orava como sua mãe ensinara. Desde pequena, ela agradecia a Deus pela família, pelo conforto em casa, pela comida. Sua família estava faltando um pedaço. Era impossível entender o motivo de Deus ter levado sua mãe. Natália sentia-se traída. Seu pai repetia que Deus sabia o que estava fazendo, mas Natália achava que ele também lutava com a pergunta: por que nós?

De olhos fechados e mãos apertando o cobertor, Natália orou. Imaginou sua oração subindo ao céu, mas parecia haver vários obstáculos no caminho para o céu. Talvez fosse sua fé abalada pela morte da mãe. Onde estavam os anjos destacados para ajudar os mortais?

"Se não for por mim, pelo meu pai," Natália sussurrou debaixo da coberta. Vasculhando a memória, ela encontrou os fragmentos de um versículo que sua mãe tinha lhe ensinado sobre anjos do livro de Hebreus. Pouco a pouco, as palavras foram se encaixando em outra oração.

"'Os anjos não são, todos eles, espíritos ministradores enviados para servir aqueles que hão de herdar a salvação?'"

Natália imaginou anjos de tamanhos diferentes olhando para baixo, enquanto os habitantes da Terra dormiam, comiam, choravam e riam. Eles viam seu pai sentado na sala com o olhar perdido?

Capítulo 7

Joy poderia ser acusada de brincalhona. Certo. Ela gostava de pregar umas peças para aproximar as pessoas dos alvos divinos. Abraçava sua atribuição de ministrar com seriedade, mesmo que os meios fossem excêntricos. Na época que se aproximava do Natal, os pedidos eram muitos. Por que as pessoas confundiam Deus com Papai Noel? Muitas orações eram como pedidos de presentes: um cachorrinho, um marido, um emprego, uma bicicleta. Tudo no mesmo nível de importância, mas e o propósito?

Um ano atrás, Joy tinha sido repreendida por seus superiores por pregar uma peça na jovem que vinha de carro debaixo do temporal em direção a Hope Lake. A pobre mal sabia quem era responsável por aquele território. Joy riu, lembrando-se do encontro com Amelie no banheiro do posto de gasolina. Deus tinha sussurrado no ouvido da moça, que ela parasse depois da curva. E lá estava Joy com os produtos de limpeza, esperando Amelie, aflita a caminho de Lenox. A ordem do alto era que Joy direcionasse a moça para a pensão de Geraldo e Estela. Ela nada tinha a ver com o fato de Amelie ter ficado gripada, mas o vírus ajudou. Os humanos tinham uma ideia de que uma coisa ruim era sempre indício de algo ruim. Esqueciam-se dos livramentos ou das lições que os obstáculos traziam. Assim, Amelie foi ficando em Hope Lake, uma coisa puxou outra, e o trabalho de Joy estava completo.

Sentada no banco da praça da cidadezinha, ela olhava para as lojas fechadas, para o coreto iluminado e para as calçadas cobertas de neve. Ela gostava da praça, o coração de Hope Lake. Todos passavam por ali em idas e vindas. Crianças voltando da escola, jovens conversando, mães empurrando carrinhos de bebê, lojistas atendendo aos clientes, idosos passeando. Joy gostava também de ficar na porta do Hospital Hope Lake. Ali os pedidos eram em maior volume e importância. A vida e a morte estavam presentes no lugar de cheiros estranhos. O presépio montado na frente do hospital era uma vaga lembrança de um dos maiores acontecimentos da humanidade: o nascimento do Salvador. O outro acontecimento maior, a Páscoa, não era tão celebrada. Pena as pessoas verem Jesus como um eterno bebê na estrebaria. Porém, Joy concordava que os corações ficavam mais maleáveis no Natal. As pessoas ajudam mais, sorriam mais, comiam mais também.

Joy esticou os braços no encosto do banco da praça. A neve caía em seu manto branco. Quem olhasse de longe não distinguiria a mulher de cabelo alvo. Tudo era um grande cobertor branco. Os pensamentos de Joy tomaram outra direção. As três orações que acabara de ouvir não eram como pedidos ao Papai Noel. Eram súplicas da alma. Como resistir a pedidos assim? A ordem era para que Joy esperasse antes de agir. As três pessoas precisavam ainda passar por provas. Para ela, esperar para responder à oração de uma jovem era a parte mais difícil do seu trabalho. Natália suplicara pelo pai. Que oração mais significativa! Mas a resposta seria 'espere'. Christopher, o pai, lançara seu pedido. Vários, na verdade. Ele queria a felicidade da filha, mas tinha um pedido que ele não confessaria a ninguém. Talvez nem ele tivesse se dado conta do pedido. Alguém para compartilhar a vida. Ele não expressara o pedido com a palavra 'esposa'. Sentia-se culpado em pedir tal coisa. Mas Joy recebeu interpretação do Espírito e entendera o real significado.

A enfermeira. Essa, Joy teria muito trabalho. Não porque seus pedidos fossem impossíveis de realizar já que para Deus nada era impossível. No entanto, ela tinha um longo caminho a percorrer na área do perdão. Ela não se perdoava pelo ato que gerara uma criança. Seu conflito era justamente esse: um ato errado gerou algo certo. A vida era sempre certa, mesmo que por caminhos tortuosos. Angélica não se perdoava por ter entregado a criança contra sua vontade. Aí entrava a outra questão de perdão que ela tinha que digerir: o perdão da mãe. Regina era difícil. Vários anjos já tinham trabalhado com ela e não foram bem-sucedidos. A mulher tinha o coração duro. Não tão duro que Deus não pudesse amolecê-lo. Provavelmente não tinha chegado a hora da mulher de se confrontar com a verdade. E Angélica passaria por uma grande prova com a chegada da mãe. Joy teria trabalho dobrado para ministrar na vida da enfermeira nesse tempo, ainda mais na época do Natal, uma data difícil para ela.

Joy pairou sobre o banco da praça. Tomando impulso, ela sobrevoou o coreto. Voou mais alto e teve a visão completa da pequena cidade pontilhada de luzes. Ela deixou o vento a levar na direção do prédio de telhado vermelho coberto de neve. As luzes dos apartamentos estavam apagadas, com exceção de uma: a do Sr. Orlando, vizinho de Angélica. Haniel tinha sido destacado para ajudar o homem. Joy flutuou sobre a varanda de Angélica. Olhou pela janela. A mulher dormia, mas se virava de um lado para o outro. Pesadelos. Não era à toa. Sua mãe chegaria em alguns dias. Joy ultrapassou a barreira de vidro e se sentou na beira da cama. Estendeu a mão e acariciou o cabelo grosso de Angélica. Ela sossegou.

Voltando a flutuar sobre a cidade, Joy foi na direção da casa do lago. Pelo vidro da sala, ela viu Christopher cochilando na poltrona. De novo, Joy ultrapassou a barreira de vidro e pousou ao lado da poltrona. Ela abaixou

a mão na testa de Christopher, e ele tremeu. Passando
pelo corredor, ela entrou no quarto de Natália. Ela estava
abraçada ao travesseiro, que tinha mancha de lágrimas.
Joy passou a mão no cabelo da jovem e se sentou na
cadeira-balanço. Ali ela vigiou o sono de Natália. Ouviu
um suspiro imperceptível a ouvidos humanos.

Três orações simultâneas. Vários pedidos significativos.
As respostas seriam diferentes, mas com propósitos
semelhantes.

Joy não via a hora de colocar os três juntos.

Capítulo 8

O dia, que amanhecera nublado, abriu-se para a vida no meio da tarde. O sol batia nos flocos de neve, bilhões deles espalhados pela pequena cidade, cada um único, refletindo os raios do astro-rei. Hope Lake acordara com grande energia para o início de mais um dia de trabalho ou lazer. As crianças saíam da escola e tomavam as ruas para esculpirem bonecos de neve. A praça era uma exposição de bonecos gordos, magros, altos, baixos com narizes de cenoura e braços de galhos seco. Um grupo de meninos de bochechas vermelhas, gorros e cachecóis travavam uma batalha de bolas de neve.

Natália desviou-se de uma bola atirada em sua direção e atravessou a rua. A bota forrada de pele sintética deixava pegadas na neve fofa. A jovem ajeitou a mochila no ombro e subiu mais o zíper do casaco branco. Ela acordara mais animada por alguma razão inexplicável. Sua noite que começara com lágrimas avançou em paz. Certamente suas orações chegavam ao céu.

Aproximando-se da livraria, ela apertou o passo. Queria achar um livro especial para o projeto da escola. Dessa vez, não seria Agatha Christie nem os *best-sellers* que vendiam milhões para jovens da sua idade. Ela queria uma história diferente das que costumava ler. Talvez uma coisa leve, mas com significado.

Ela empurrou a porta da livraria, a sineta batendo. Amelie acenou para ela, enquanto colocava uns livros na sacola de papel para uma mulher de cabelo longo, usando uma touca com o maior pompom que Natália já vira.

A jovem deixou a mochila no chão e entrou no primeiro corredor de livros. Descartou suspense e mistério. Passou por biografias, puxou um exemplar e outro, logo devolvendo-os para o lugar. Os clássicos de Natal, ela já tinha lido. Leria *Um Conto de Natal* de Dickens novamente outra hora. Saindo de um corredor, ela entrou em outro. A longa seção de romances não a atraiu. Sua mãe lia alguns, mas Natália não se interessava. Para que imaginar um beijo sendo que nunca beijara? Ela correu os dedos enluvados pelas lombadas dos romances e seguiu em frente. Ao ouvir um barulho atrás de si, ela virou-se. Um livro tinha caído ao chão. Como? Ela nem tirara os romances da prateleira. Arrancando as luvas, dedo por dedo, ela as guardou no bolso do casaco. Abaixou-se e pegou o livro. Estudou a capa. Uma cena de Natal em uma cidadezinha não muito diferente de Hope Lake tomava quase toda a capa. A árvore de Natal da praça era enorme e tinha um anjo tocando corneta no topo. Natália não reconheceu o autor. O título era óbvio para a época: *O Natal Especial de Eloise.* Com um meio sorriso, ela virou o livro e começou a ler a sinopse: *Eloise passa o primeiro Natal depois da trágica morte da mãe.* Natália sentiu um frio na barriga. Procurou o lugar de onde o livro teria caído. Nenhum espaço vazio. Devolveria o livro para Amelie. Aquela não seria uma leitura agradável.

Desanimada de encontrar o livro certo para o projeto, ela pegou a mochila e foi até o balcão. A mulher do pompom gigante tinha acabado de sair.

"Encontrou alguma coisa interessante?" Amelie olhou para o livro na mão de Natália.

"Não, mas esse livro estava no chão. Não achei o lugar dele na prateleira." Ela colocou o livro no balcão.

"Chegou ontem. Vai levar?" Amelie sorriu e penteou a franja curta com os dedos.

Natália balançou a cabeça negativamente. "Deve ser uma história triste."

Amelie pegou o livro. "O bom das histórias de Natal é que sempre terminam com uma mensagem de esperança."

"Você leu?" Natália tirou o gorro branco, o cabelo longo caindo no rosto.

"Li. É uma história muito bonita. Vamos fazer o seguinte: leve e comece a ler. Se não gostar, devolva. Vale a pena."

Natália estava mesmo sem ideia do que ler. Não custava. "Tá bom."

Amelie não aceitou o pagamento de Natália, que lhe passava o cartão de débito. "Pague depois se gostar."

"Eles são muito populares, os livros de Natal?" Natália colocou o gorro.

"São. Angélica compra todos."

Natália bateu o livro de leve no balcão. "Se eu não gostar desse, peço uma indicação para Angélica." A jovem contou para Amelie sobre o corte no cotovelo e que a enfermeira tinha dado os pontos. "Ela é muito legal."

"E uma ótima amiga," Amelie acrescentou.

Natália agradeceu, despediu-se e saiu da loja. Ela seguiu a pista de caminhada para voltar para casa. Geralmente ia pela rua principal, pegava a rua ao longo do rio até o lago. Um homem passou correndo com um cachorro na coleira e acenou para ela. Natália caminhou até a barreira de pinheiros. A visão da sua casa dali era linda, como um cartão postal. Até que não era tão mau morar na casa de vidro. Seu quarto tinha ficado aconchegante. Os tapetes na sala e a lareira tiravam o frio que ameaçava ultrapassar os janelões. Natália esgueirou-se pelos pinheiros e desceu o caminho até a entrada da casa. Lá dentro, ela tirou as botas, o casaco e o gorro, colocando-os no armário do hall de entrada. Ela foi até a cozinha, fez um chocolate quente e entrou no quarto. Arrumou a cadeira-balanço e se aconchegou para ler as primeiras páginas do livro. Nas primeiras linhas, Natália se viu mergulhando na história de Eloise. Quando seu pai chegou em casa, ela já estava no quinto capítulo. Christopher perguntou-lhe como tinha sido seu dia, e Natália balançou o livro, dizendo que era muito bom.

O pai deu de ombros, provavelmente entendendo o recado de que a filha não queria interrupções, e saiu do quarto. Na hora do jantar, Natália foi obrigada a fechar o livro no capítulo trinta. Foi para a cozinha e colocou a caneca de chocolate quente vazia na lava-louça. O pai virava um grosso e suculento bife na frigideira.

"E o livro?" Ele olhou por cima do ombro.

Natália tirava os pratos e talheres do armário, arrumando-os na mesa no canto entre duas janelas. "Achei que não ia gostar. A personagem perde a mãe." Ela colocou os garfos e as facas na mesa.

"Então gostou." Ele virou o bife e o cheiro subiu na cozinha.

"Seguir em frente não significa que esquecemos a pessoa que morreu." Ela colocou os pratos entre os talheres.

Christopher transferiu o bife para uma travessa e olhou para a filha. "É difícil, não é? Parece uma traição se seguirmos em frente."

Natália tirou a jarra de suco da geladeira e a colocou na mesa. "Parece."

O pai lavou as mãos na pia e desenrolou as mangas do suéter creme. "Sua mãe iria querer que seguíssemos em frente."

"Eu sei, mas não quero esquecer a mamãe."

"Impossível." Ele transferiu as batatas cozidas para outra travessa. Jogou cheiro-verde picado em cima e levou as duas travessas para a mesa.

Eles se sentaram, deram-se as mãos e abaixaram a cabeça.

"Pai," Christopher orou, "nos ensine a viver novamente. Alice está em suas mãos."

Natália enxugou os olhos no ombro, o moletom absorvendo a umidade. Ela falou amém quando o pai terminou. Comeram em silêncio.

Joy pairava sobre o balcão da pia. Sempre se emocionava com pais e filhos orando juntos. As palavras de Christopher mostravam que ele e Natália desejavam prosseguir. Era a primeira vez que ele verbalizava aquela ideia.

□Quanto à jovem, ela lera metade do livro em poucas horas. Também parecia pronta para prosseguir. A pequena família se aproximava mais dos planos. Ainda não tinham ideia do que viria. Precisavam estar prontos, desejosos de seguir em frente. Quando os dois terminaram o jantar e começaram a arrumar a cozinha, Joy flutuou sobre eles, seu manto tocando-lhes a cabeça. Saindo pela cidade sob o manto da noite, ela foi em direção a outro endereço. O trabalho maior começaria quando Regina chegasse para visitar a filha, Angélica.

Capítulo 9

Nunca Angélica desejou tanto que o tempo parasse. Ela faria um plantão permanente na nova dimensão onde o dia fosse sempre o mesmo, como no filme do homem da meteorologia que acordava no mesmo dia. Porém Angélica não vivia em um filme, e os dias passaram. Ela dormia e acordava em dias subsequentes. Sua mãe chegaria em poucas horas.

Com a flanela na mão, Angélica tirou a poeira invisível dos móveis. Ela gastaria o verniz e a tinta de tanto esfregá-los. O quarto da mãe estava pronto. Angélica voltou lá e verificou o edredom esticado. Ela reorganizou as almofadas da cama. O que mais a angustiava era não saber a data de partida da mãe. Ela tinha hora certa para chegar: às cinco. Não tinha dia definido para ir. No mínimo interessante.

Batidas leves à porta levou Angélica a parar de súbito na frente do espelho acima do aparador da sala e olhar sua imagem refletida. Ela enfiou um fio de cabelo rebelde de volta no rabo de cavalo, jogou a flanela na gavetinha e ajeitou o suéter cinza. Sua mãe tinha resolvido chegar mais cedo de surpresa para pegar a filha desarrumada?

Angélica inspirou e expirou fundo. O alívio tomou conta dela como uma ducha quente ao abrir a porta. "Sr. Orlando."

O homem segurava uma caixa. Seu porte distinto de militar preenchia o vão da porta. Ele bem que poderia servir de barreira para impedir as turbulências do mundo de entrar no apartamento de Angélica. Especificamente a turbulência chamada Regina.

"Boa tarde. Lembrei-me de que sua mãe chegaria às cinco. Fui tomar café com Geraldo na pensão, e Estela estava tirando umas tortas do forno. Achei que gostaria de um lanche fresco para sua visita."

Angélica quis abraçar o homem, mas achou que ele não se equilibraria na bengala ainda segurando a caixa. Em vez disso, ela pegou a torta quente e aromática. "Obrigada. Sabe que nem pensei em comida? Estava tão preocupada em arrumar a casa." Angélica já tinha confidenciado ao Sr. Orlando que a mãe era fanática por limpeza. Não entrara em detalhes sobre o motivo, embora tivesse deixado escapar que havia conflitos entre as duas.

"Um pouco de açúcar para adoçar o paladar." Ele apoiou as duas mãos na bengala. "Não permita que a apreensão tire o foco das coisas."

Angélica inclinou a cabeça, considerando as palavras do vizinho. Apreensão era um dos sentimentos que a aturdiam naquele momento. Qual seria o foco?

"Vou indo. Não quero que sua mãe pegue o vizinho enxerido aqui à porta." Ele fez um discreto gesto de continência e saiu pelo corredor acarpetado, a bengala acompanhando seus movimentos.

"Obrigada." Angélica fechou a porta e levou a torta para a cozinha. Tirou um prato de pedestal do armário e puxou a torta da caixa, colocando-a no prato com a tampa em forma de cúpula.

Entrelaçando os dedos, ela foi à saleta de artesanato. Abriu o *laptop* e verificou se havia pedidos. Constatou quatro pedidos de diários forrados com tecido natalino. No dia seguinte, Angélica sairia para o correio e despacharia os pedidos. Talvez passasse na livraria. Antes faria sua caminhada matinal. Talvez precisasse da manhã toda sozinha para fazer essas coisas. A mãe entenderia que era sua folga da filha ocupada.

"A quem estou enganando?" Angélica fechou o *laptop*, tirou quatro diários do armário e os deixou em cima da mesa. À noite, ela prepararia os pacotes para envio.

Às cinco em ponto, Angélica correu para a varandinha. Abraçou o corpo para se proteger do frio. O sol começava a descer atrás dos pinheiros. Dias curtos, noites longas. A chegada do inverno trazia também a escuridão.

O carro preto parou no estacionamento do prédio. Angélica entrou e fechou a porta da varanda. Mais uma vez, inspirou e expirou profundamente. Minutos depois, ela ouviu o elevador apitar no seu andar. Ela abriu a porta e viu a mulher de cabelo perfeitamente arrumado e terninho de lã, puxando a mala de rodinha. Pelo tamanho da mala, ela não ficaria muito tempo. Sua mãe era vaidosa demais para viajar com poucas roupas.

Angélica foi ao encontro de Regina, que parou e esperou.

"Mãe, fez boa viagem?" As duas ficaram frente a frente.

"Não imaginava uma estrada tão precária."

E a batalha começava. Nem um 'oi, filha', nada. Angélica pegou a mala pela alça e a arrastou para o apartamento. Regina entrou e olhou ao redor. Examinou cada canto da sala.

"Acolhedor, mas pequeno," ela disse.

"Não preciso de muito espaço." Angélica orgulhava-se do seu canto.

"A cidade parece bonitinha."

Um elogio? Angélica nunca perdia a esperança de que sua mãe amoleceria. Por ora, nem a morte do marido tinha dado a ela um espírito mais humano.

"Venha. Vou mostrar seu quarto." Angélica levou a mala e entrou no quarto. Esperou a inspeção da mãe terminar. "Tem mais cobertas no armário, se precisar." Ela observou a mãe dar uma espiada pela janela. O cabelo não se mexia. Como ela tinha viajado cinco horas, e o terninho azul-marinho não amassara?

Regina virou-se. "A vista é boa."

Outro elogio? Angélica sorriu, embora os cantos da boca se repuxassem um pouco. "Fiquei feliz de ter conseguido alugar aqui. A vizinhança é ótima."

"O hospital é longe?" Regina colocou a bolsa em cima da cômoda.

"Na saída da cidade, mas só quinze minutos de carro." Os assuntos não rendiam. Corriam pela superfície como um pedaço de papelão descendo o rio. O que se aprofundava gerava briga. "Vamos tomar um lanche? Tenho uma torta quentinha."

Regina passou pelo banheiro para lavar as mãos. Outra inspeção. Depois seguiu a filha até a cozinha. Sentou-se à mesa e aguardou. Angélica cortou duas fatias de torta e colocou a chaleira para ferver água no fogão.

"Val se casou."

Angélica tremeu por dentro. "Quem é Val?"

"Sua prima de segundo grau do seu lado paterno. Ela se casou semana passada."

Angélica cogitou se deveria comentar. Sabia que era uma espetada da mãe. "Bom." Ela tirou a chaleira do fogão e encheu duas xícaras. Levou a caixa de chá para a mesa.

"Algum pretendente?" Regina colocou o saquinho de chá na xícara.

Angélica sentou-se e olhou o relógio na parede. Vinte minutos. Um recorde até para sua mãe. Geralmente ela esperava uma hora para falar de casamento, jogar na cara da filha que era encalhada. "Fiz boas amizades." Ela afundou o saquinho de chá na água.

"Amizade com futuro?" Ela levantou o dedo mínimo ao manejar a xícara.

"Mãe, não tenho um pretendente." Melhor ir ao ponto. Sua mãe não tinha entendido ainda que Angélica se martirizava por ter dado um passo errado na juventude e queria se preservar? Era dolorido não ter um namorado. Um marido. Porém sua vida não girava em torno disso. Não chegara a hora, nem o homem certo. Aos trinta e dois anos, não era tão velha para ter filhos. Claro, se o pretendente, como dizia sua mãe, não aparecesse, as chances diminuíam. Ela era feliz com seus amigos, seus novos amigos em Hope Lake. Sentia falta de ser beijada? Sim. Seu último beijo a levara ao ato irresponsável. Mas, sim. Desejava ser beijada e retribuir. Sua convicção, no entanto, era que quando o dia chegasse, o relacionamento a levasse ao altar. Era ingênua em pensar assim? Talvez.

O assunto morreu quando Regina anunciou que precisava de um banho depois da longa e difícil viagem. Ela não disse quanto tempo ficaria, e Angélica não teve coragem de perguntar. Recorreria à oração para que os dias passassem com a velocidade da luz.

Sentada no balcão da cozinha, Joy observava Angélica, que trazia a testa apoiada nos braços dobrados na mesa. Não recebera ordem de agir em favor da enfermeira na conversa com a mãe. No entanto, isso não impediria Joy de arrumar umas peças no tabuleiro da vida de Angélica. Pairando até a mulher, Joy passou seus braços pelo tronco dela em um abraço. Sussurrou palavras de ânimo em seu ouvido. Ela ficou satisfeita quando Angélica levantou a cabeça e enxugou os olhos.

Joy observou a mulher de rabo de cavalo apertado tirar a louça suja da mesa e a colocar na lava-louça. Não entendeu de imediato quando ela se encostou na pia e passou as pontas dos dedos nos lábios. De frente à Angélica, Joy finalmente compreendeu o gesto. Todos precisavam de abraços. Alguns precisavam de um beijo especial. O beijo que selava um compromisso onde dois se tornariam um.

Certa da movimentação que faria no tabuleiro, Joy voou pelo vidro da janela. Tinha uma tarefa importante a cumprir.

Capítulo 10

Apesar do sono turbulento e inquieto da noite, Angélica saiu cedo de casa. O casaco impermeável fechado até o queixo, o cachecol branco combinando com a touca e a botina a protegeriam do frio naquela manhã. O sol preguiçoso ainda nascia, mas deixava um alaranjado forte no céu.

Angélica atravessou a rua e tomou a pista de caminhada. A neve do dia anterior tinha se assentado na paisagem, dando-lhe aparência de tranquilidade. Angélica andou rápido, tentando aliviar a tensão. Seu corpo esquentava na medida em que percorria um quilômetro e começava outro. Chegando aos pinheiros, ela parou. Quem seria o novo morador da casa de vidro? Ela se esgueirou pelos galhos, empurrando-os para lhe darem passagem. As agulhas verdes, as finas folhas dos pinheiros, espalharam-se na neve como confete. A caminhonete estava parada na garagem aberta. A fumaça subia da chaminé para o ar frio.

Era como se Angélica tivesse chegado à casa encantada da floresta dos contos de fada.

Tomando coragem, ela foi descendo o estreito caminho na neve em direção à casa. O vento cortava a pele do rosto, mas ela prosseguiu. O caminho escorregadio dificultava seus passos e o equilíbrio. Ao chegar perto da ponte curta que ligava o jardim à casa no lago, ela sentiu mãos em seus ombros. Atordoada, Angélica olhou ao redor, mas não viu ninguém. As mãos invisíveis a empurraram, e ela perdeu o equilíbrio. Com os braços voando no ar e os pés derrapando, Angélica tentou se agarrar a alguma coisa, mas só vento frio a envolvia. Imaginou-se caindo de costas na neve e escorregando na direção do lago. O pânico tomou conta dela. Tentou jogar o corpo para frente, mas em vão.

Seu corpo foi caindo, caindo, mas mãos de verdade a agarram pela cintura. Ela enlaçou o pescoço coberto com um cachecol amarelo. Sentiu mãos fortes em suas costas, mãos que não a deixariam cair. Seus pés deslizavam, tentando se firmar na neve escorregadia. As mãos a apertaram mais, e Angélica desistiu de lutar. Passado o pânico, ela olhou para os olhos a poucos centímetros do seu rosto. Levou alguns segundos para reconhecê-lo. Christopher. Ele manteve-a segura em seus braços. Angélica sentiu a respiração morna dele, eliminando a sensação gélida do ar. O calor do corpo de Christopher ultrapassou a barreira de casacos e esquentou o corpo de Angélica. Esquentou a ponto do seu pescoço queimar.

Seus braços continuaram enlaçados, as mãos firmemente presas no pescoço com cachecol amarelo. Os olhos permaneceram fixos.

Gentilmente Christopher levantou Angélica, mas os braços continuaram em torno da sua cintura. Ela firmou os pés sem se afastar dele. As respirações úmidas se misturavam e subiam como vapor no ar frio. Finalmente ela se afastou, mas levou o calor dele em seu corpo.

"Tudo bem? Torceu alguma coisa?" Ele quebrou o encanto.

Angélica olhou para os pés e de volta para Christopher. "Não. Como?"

Ele soltou a cintura dela. "Vi você descendo o caminho. Achei que escorregaria."

Ela olhou para a casa. "Moram aqui?"

"Sim. Achei que Natália tivesse falado."

Angélica apertou as mãos enluvadas. O frio começava a entrar por todas as aberturas da roupa. "Falou que compraram uma casa, mas não onde."

Christopher a segurou pelo cotovelo. "Venha tomar um café. Você está gelada."

Seria insanidade voltar para casa sem se aquecer antes, Angélica considerou. O calor do corpo dele tinha deixado o seu. Precisava de outra fonte para não congelar. "Aceito se não for incômodo."

"Nenhum." Ele a direcionou para a ponte.

Na casa, Angélica tirou a botina e a colocou ao lado dos outros sapatos na entrada. Christopher a convidou para o sofá perto da lareira. Ela tirou o casaco, as luvas e o gorro e esfregou as mãos, absorvendo o calor das chamas. "Desculpe eu ter invadido sua propriedade. Ela é original."

"Ficou vazia muito tempo. Eu e Natália estamos ajeitando as coisas."

Angélica olhou ao redor da sala confortável com uma poltrona de frente ao janelão. "Que vista!"

"Vamos tomar um café e mostro os outros cômodos." Ele a convidou para a cozinha.

"Natália não está?"

Ele riu ao colocar água na cafeteira. "Deve dormir até mais tarde. Passou a noite lendo. Amelie indicou um livro de Natal, e Natália não queria nem papo."

Angélica se sentou à mesa. "De Natal? Também gosto muito."

A cafeteira soltou o café nas canecas. Ele colocou-as na mesa e se sentou. "E o que faz além de ler e trabalhar?"

Angélica tirou o celular do bolso do suéter vermelho. Correu o dedo pelo visor e o virou para Christopher. "Artesanatos com tecido e papel."

Ele pegou o celular e correu o dedo pelo *website*. "Muito legal. Gosta de trabalhar com as mãos na profissão e na vida pessoal." Ele lhe devolveu o aparelho.

Ela inclinou a cabeça, o rabo de cavalo escorregando pelo ombro. "Nunca tinha considerado por esse lado. Me acalma. E o que faz além de ser arquiteto?"

Christopher bebericou o café. "Nos últimos anos, andei tão ocupado que tive pouco tempo para pensar num *hobby*." Ele olhou pelo ambiente. "Acho que comprar essa casa e arrumá-la é uma espécie de *hobby*."

Um resmungo veio pelo corredor. Angélica e Christopher olharam para a figura descabelada de pijama de flanela que entrava na cozinha.

O semblante mal-humorado transformou-se quando Natália viu Angélica. "Ah, você. Que surpresa." Ela puxou uma cadeira e se sentou.

"E bom dia," Christopher falou.

"Que formalidade, pai." Natália pegou a caneca dele e bebeu um pouco do café.

"E seu cotovelo?" Angélica perguntou.

Natália levantou o cotovelo no ar. "Fui tirar os pontos ontem, mas não te achei."

"Foi minha folga." Angélica levou a mão à boca e levantou-se da cadeira num pulo.

"O que foi?" Christopher olhou assustado.

"Minha mãe. Ela chegou ontem. Saí cedo para caminhar e esqueci da vida." Só de pensar na repreensão da mãe, Angélica tremeu. As palavras duras logo apagariam o gosto do encontro com Christopher e Natália na casa do lago. Ela saiu em direção à sala, enquanto se despedia.

"Quer uma carona? Ganha tempo." Christopher vestiu o casaco.

Angélica fechou o zíper. Olhou para ele. Ainda podia sentir as mãos dele em suas costas. "Não queria abusar, mas aceito." Quanto mais rápido chegasse, menos censura.

Natália acenou uma despedida e fechou a porta. Angélica correu para a caminhonete como se ela fosse virar abóbora em alguns segundos. O cocheiro, ou melhor, o motorista, acelerou e pegou a estrada que levaria à rua principal de Hope Lake. Angélica apontou o caminho e logo paravam em frente ao prédio. Ela virou-se para ele e disse:

"Obrigada pelo café." Ela abriu a porta. "E obrigada por me salvar de um baita tombo. Me vi escorregando até cair no lago." Sua mãe a tinha alertado de que cairia e se machucaria. Uma praga ou um desejo macabro de Regina? Felizmente Christopher tinha surgido e evitado que a profecia se cumprisse. Imaginava-se chegando em casa com o tornozelo ou o punho torcido. O bombardeio de recriminação atingiria Angélica assim que entrasse em casa.

Ela ia fechar a porta quando Christopher inclinou o corpo na sua direção.

"Podemos tomar outro café sem correria um dia desses?" ele perguntou.

Angélica foi tomada de surpresa quando seu coração deu um pulo. Quantos convites daquele ela tinha recusado ao longo dos anos? Alguns, ou por falta de atração ou por medo de se envolver e ceder à tentação. Porém, ao encontrar o olhar de Christopher, recusar foi a última coisa que passou em sua cabeça.

"Gostaria muito de um café." Ela segurou a porta da caminhonete com firmeza.

Ele sorriu. "Aguarde um telefonema meu."

Ao entrar no saguão do prédio, Angélica recostou-se na porta de vidro, o coração batendo acelerado. A imagem do sorriso de Christopher e do cachecol amarelo pendurado no pescoço tomou cativa sua mente. Os detalhes dos olhos castanhos, do cabelo liso, do rosto barbeado passavam em *flashes* na memória, guardando-os no compartimento destinado a recordações importantes.

Angélica fechou os olhos, e a cena do resgate na neve passou diante das pálpebras fechadas. Ainda sentindo o hálito dele na pele, ela sorriu.

Capítulo 11

"Se minha visita é um estorvo para você, avise que volto para casa." Regina segurava uma flanela e a passava no aparador da entrada quando a filha abriu a porta.

"Saí para caminhar e perdi a hora." Angélica tirou o casaco e o pendurou no armário da entrada.

"Perde a hora também para o trabalho ou só quando tem visitas?" Regina cruzou os braços com a flanela ainda na mão.

Por que argumentar? Só provocaria mais a mulher de saia preta e camisa de seda branca com o cabelo impecável àquela hora. Ela dormia sentada? Pendurada em um cabide? "Já tomou café? Estou com fome. Foi uma boa caminhada." Angélica foi para a cozinha. Fez uma fervorosa oração para que não começasse a rodar e gritar como uma desvairada. Ela imaginava a cara da mãe se perdesse as estribeiras. Vontade não faltava. Muita vontade. Juntando o pouco do autocontrole que tinha, ela tirou uma frigideira do armário e ovos da geladeira. Começou a preparar ovos mexidos.

"Eu faço o café," Regina falou.

Angélica fez uma oração de agradecimento a Deus pelo milagre gigante que acabara de acontecer. Sua mãe fazendo café? Quando seu pai estava vivo, ele fazia o café. Depois sua mãe passou a frequentar a melhor cafeteria da região, mas quando se viu cansada de sair todos os dias por causa de um simples café, ela comprou a máquina requintada, que mais parecia uma espaçonave. A geringonça só faltava colocar a xícara numa bandeja com um paninho de linho.

"Quer dar uma volta?" Angélica colocou uma garfada de ovos mexidos na boca.

Regina limpou o canto dos lábios com um guardanapo de papel, mas olhou para ele com cara de desgosto. "Não tem guardanapo de pano?"

"Podemos sair em meia hora. Só preciso de um banho." Ela raspou o garfo no prato, ciente de que irritaria sua mãe. O que tinha dado nela com tanta rebeldia?

"De carro?"

Angélica duvidava que sua mãe colocasse bota de caminhada. Sapato de salto não combinava com o atoleiro que logo se formaria quando o sol esquentasse um pouco mais e derretesse parte da neve. "Pode ser." Ela levantou-se com o prato e a caneca.

"Arrumo as coisas." Regina juntou a louça suja e a levou para a pia.

"Obrigada." Angélica correu para o banheiro. Era impressão ou sua mãe tinha algumas células de compaixão?

De porta trancada, Angélica tirou a roupa, grata pela tranquilidade da água escorrendo do chuveiro. Colocando a touca de banho, ela entrou debaixo da ducha quente. Passou a esponja com sabonete líquido de aveia nos braços e nas costas. A impressão das mãos de Christopher permanecia ali. Fazia quase quinze anos que não sentia os braços de um homem (ou melhor, de um menino) ao redor da sua cintura. Ela era celibatária de abraços, beijos e tudo o mais que vinha no pacote de um relacionamento com um homem. Pela primeira vez desde então, Angélica se viu desafiada pelo desejo de ter mais do que recebera de Christopher. Ela não fizera muito esforço para firmar os pés na neve e se levantar, essa era a verdade. Preferiu o apoio dos braços dele.

Enrolada na toalha, Angélica olhou-se no espelho, o vapor deixando apenas um círculo visível no centro. Ela soltou o cabelo do elástico que o prendia no alto da cabeça. O cabelo caiu pelos ombros.

Angélica deu um salto quando ouviu a voz da mãe do outro lado da porta:

"Já estou pronta."

Correção: nem no banheiro ela teria tranquilidade. "Já vou."

Angélica deixaria o pensamento sobre Christopher para outra hora. Ele dissera que ligaria para tomarem outro café. Essa informação ela guardaria da mãe como um cachorro enterrava um osso para protegê-lo. Regina a torpedearia com perguntas indiscretas para ter a certeza de que a filha desencalharia. A mãe sentia vergonha do estado civil de Angélica, essa era a verdade. Ouvira uma conversa dela com uma conhecida em que Regina dizia que homens não gostavam de mulheres usadas. Angélica se sentira como um trapo sujo de oficina mecânica que passara nas mãos de vários homens. Os comentários da mãe a respeito do pecado da filha sedimentavam a culpa em sua consciência. A crosta era dura. Aceitar o convite de Christopher era um grande avanço.

As duas mulheres entraram no carro vinte minutos depois, Angélica ao volante. Ela fez um *tour* pela cidade, passando na frente da praça e da livraria.

"Bem charmosa," Regina disse.

Angélica olhou de relance para a mãe. Ela escondia alguma coisa que justificasse as nuances no comportamento? "Vou arrumar tempo nos próximos dias, e podemos visitar a livraria com calma."

Regina puxou a lapela do casaco com pele artificial na gola. "Está jogando verde para saber quando vou embora?"

"Estou dizendo que quero levá-la para visitar a livraria. Ela é um dos lugares mais populares de Hope Lake desde que Amelie e Viola assumiram a loja." Angélica falou para a mãe sobre a famosa escritora, mas cuidou de esconder o passado de literatura erótica da mulher. Não daria munição à mãe.

Elas almoçaram no bistrô e passearam de carro ao longo do lago. Na volta, Angélica parou no correio e despachou as encomendas de Natal.

De volta à casa, Regina avisou que se esticaria na cama para relaxar os pés. Angélica imaginou de que descanso os pés dela precisavam sendo que mal saíram do carro. De qualquer forma, ela aproveitou o tempo sozinha para voltar à livraria a pé.

Amelie e Viola conversavam atrás do balcão. Angélica cumprimentou as duas mulheres.

"Sua mãe chegou?" Amelie perguntou.

"Chegou. Só não descobri quando vai embora."

Viola saiu de trás do balcão. Angélica admirava o porte nobre da mulher mais velha. Mesmo de vestido preto e rabo de cavalo, ela se apresentava com elegância no andar e nos gestos. "São os testes que Deus nos dá."

"Acho que tomo bomba em todos porque continuo enfrentando esses testes." Angélica fez uma discreta careta.

"Aí que se engana. Quanto mais testes passamos, outros mais difíceis temos." Viola arrumou os panfletos da festa de Natal da cidade em cima do balcão.

"Esse curso está bem longo. Não sei se vou me formar algum dia." Ela tentou sorrir.

"Por que não traz sua mãe aqui para se distrair com os livros?" Amelie perguntou.

"Vou fazer isso, mas não dê muito ouvido a ela. Vai arrumar um monte de defeitos na livraria."

"Não custa tentar. Amanhã você tem plantão, não é? Ela vai ficar sozinha o dia todo. Venham depois do trabalho," Viola completou.

"Verdade. Melhor distraí-la," Angélica concordou.

As três conversaram mais um pouco até que a livraria começou a encher de clientes. Angélica se despediu e saiu. Na rua, ela enrolou o cachecol no pescoço, enquanto decidia se valia a pena voltar para o apartamento.

Enfiando as mãos enluvadas nos bolsos do casaco, ela abaixou a cabeça para proteger o rosto do vento e seguiu na direção de casa. No meio do quarteirão, ela bateu de frente com a pessoa que vinha no sentido oposto. Ela escorregou e levantou os braços para se equilibrar. A mesma cena da manhã se repetia. Christopher a segurou pelas costas. Angélica viu o cachecol amarelo antes mesmo de ver o seu rosto. Dessa vez, ela desvencilhou-se dos braços dele. Os pedestres passavam e olhavam.

"Vai me achar uma desastrada," Angélica falou e arrumou a touca. Mais uma vez, as mãos dele deixaram seu calor nas costas dela.

"Culpa minha. Estava distraído com..." ele levantou o celular. "Um mal da nossa época."

Angélica riu. "A gente não se distrai só com o celular."

"Para onde vai com tanta pressa?"

"Para casa. Minha mãe está me esperando." Ela levantou a mão num aceno e foi andando.

Christopher a chamou de volta. Ela se virou.

"Podemos tomar um café amanhã?" ele perguntou.

"Tenho plantão e..."

Ele sorriu. "Sua mãe estará esperando."

Ela enfiou as mãos de volta nos bolsos. "Isso, mas se você gosta de café da máquina do hospital, tenho uma folga de meia hora à tarde."

Christopher soltou uma risada, chamando a atenção dos pedestres que passavam. "Gosto de ideias originais. Combinado."

"Te mando uma mensagem." Ela saiu apressada.

Subindo e descendo no ar como uma pipa, Joy acompanhou Angélica. Ela riu, pensando em como os dois humanos eram ingênuos. Ela usara o mesmo truque duas vezes. Certo, podia ter sido mais original, mas a hora era aquela. As pessoas não gostavam de tropeçar, mas mal sabiam que boas surpresas podiam acontecer depois de grandes tombos.

Capítulo 12

Antes de abrir a porta, Angélica alongou os braços com as mãos entrelaçadas acima da cabeça. Era como se preparar para uma luta. Ela puxou a touca e a enfiou no bolso do casaco. Desenrolou o cachecol e tomou fôlego. A primeira coisa que notou foi o cheiro de... pão? Sua mãe estava fazendo pão? Não. Na certa ela correra à padaria e comprara pão fresco. De carro, obviamente.

"Angélica, estou na cozinha," ela falou, o tom de voz animado.

Angélica tirou o casaco e o pendurou no armário da entrada. Balançou os braços para ativar a circulação. "Já vou." Que surpresa a esperava?

Quando ela entrou na cozinha e viu o pacote de papel da padaria, Angélica soltou um suspiro. Que bom que sua mãe tinha ido à padaria. Pelo menos era menos assustador do que ela ter feito o pão.

"O cheiro está bom." Angélica lavou as mãos na pia.

"Como você não chegava, decidi ir à padaria. De carro, claro."

A mesa estava posta para o lanche. Um vidro de geleia de morango, um tablete de manteiga, frutas picadas e queijo fresco tomavam o centro da mesa. Regina colocava os pãezinhos numa cesta com um paninho.

Angélica estudou a cena inusitada como se fosse uma investigadora de crime. Aquele não era o estilo da mãe, a de dona de casa à moda antiga. "Não precisava se incomodar, mas obrigada."

As duas se sentaram e se serviram.

"Tenho uma coisa para você. Tinha deixado no porta-malas ontem." Regina passou geleia no pedaço de pão.

"Um presente?"

"Não exatamente."

A mãe também gostava de um mistério. Seria inútil perguntar o que era. Angélica preferiu saborear o pão com queijo e geleia.

Enquanto elas comiam, Angélica repassou a cena, a segunda do dia, de Christopher segurando-a pela cintura. Ele era um homem bonito, com um pouquinho de cabelo grisalho nas têmporas. Às vezes estava de óculos, às vezes sem. Talvez usasse lentes de contato. Com óculos ou sem, ele tinha um charme especial. O sorriso sincero e os olhos ligeiramente tristes combinavam no rosto de traços bem definidos. Era como uma pessoa determinada a deixar a tristeza no passado, mas que ainda não conseguia. Angélica entendia bem disso. Mesmo quando ela ria, o coração melancólico não permitia que a alegria fosse completa.

Angélica considerou que se fosse ter um relacionamento com um homem, gostaria que ele se parecesse com Christopher. Não na aparência necessariamente, embora fosse um bônus. Ele era tranquilo, amoroso com a filha, bem-sucedido profissionalmente e respeitoso. Gostaria de saber como a fé dele o ajudava a lidar com o luto. No entanto, quem seria ela para julgar visto que sua própria fé lutava com a amargura como dois boxeadores no ringue.

"O pão deve estar ótimo para você ficar tão absorta."

Angélica olhou para a mãe como se tivesse sido acordada naquele momento, sem saber onde estava. Voltou o foco para a mesa do lanche. Pensaria em Christopher de novo mais tarde. Pensaria muito, em todos os detalhes dele e dos encontros relâmpagos com ele. "Me distraí com umas coisas."

Regina arqueou a sobrancelha e levantou-se. "Vou pegar seu pacote."

Com o cotovelo na mesa e o queixo apoiado na mão, ela se permitiu mais uns minutinhos de volta aos braços de Christopher. Quando sua mãe voltou com uma sacola de papel, Angélica se desconectou da cena passada. Ela pegou a sacola e olhou dentro. Puxou um par de patins de gelo.

"Ah, estava na sua casa. Achei que os tinha perdido na mudança do apartamento para cá." Ela sorriu.

"Você deixou umas coisas na minha casa um tempo atrás." Regina sentou-se e cortou um pedaço de queijo, levando-o à boca.

Angélica examinou os patins. Brancos, eles estavam gastos com o uso. Porém, não os trocaria por outros novos. Já fazia tanto tempo assim que não patinava? "Obrigada, mãe."

"Achei mesmo que ia gostar da surpresa." Regina tamborilou as unhas bem-feitas na mesa. "Pena ter abandonado a patinação artística."

Não havia surpresa sem cutucão. Angélica mordeu o lábio superior. A mãe tivera todo tipo de sonhos para a filha, e a maioria nunca se concretizara. Medicina, patinação artística, casamento, virgindade. A lista era grande, e a culpa de Angélica também. "Minhas notas não estavam boas. Eu precisava estudar para entrar no curso de enfermagem, você sabe." A filha que frustrara a mãe por não ser médica.

"O tempo não volta atrás." Regina levantou-se e começou a tirar a mesa.

Não, o tempo não voltava atrás. Angélica nunca saberia do seu bebê, seu presente de Natal que lhe fora roubado. Se alguém deveria ter rancor infinito seria Angélica da mãe. Como era difícil lutar contra algo invisível e tão poderoso. Quase quinze anos.

Com a desculpa de que sairia cedo para o plantão, Angélica agradeceu à mãe pelo lanche e pelos patins e foi para o quarto. Arrumou as gavetas, que não precisavam de arrumação, tomou banho, tirou cutícula das unhas, pinçou uns fios das sobrancelhas e leu quatro capítulos do novo livro de Natal. Antes de se deitar, deu boa noite à mãe, que lia à luz do abajur do quarto.

Apesar do aborrecimento, Angélica tinha motivo para desejar que o dia seguinte chegasse logo para o café com Christopher no hospital.

Natália soltou uma risada e se engasgou com o milho da pipoca. Christopher bateu nas costas dela, enquanto ria. A comédia de Natal na televisão era a mais clichê possível. Enrolados em cobertores, pai e filha estavam sentados no sofá com os pés apoiados na mesa de centro. Natália cuspiu o milho e continuou a rir.

"O cara não viu que a escada estava cheia de gelo?" Christopher apontou para a TV.

"Pai, é filme. Só dá risada e pronto. Não fique procurando lógica." Natália jogou uma mão cheia de pipoca na boca.

Christopher encostou a cabeça no encosto do sofá, os olhos atentos à cena do ladrão escorregando. Era inevitável lembrar-se de Angélica escorregando na neve e caindo em seus braços. Como ele chegara a tempo só se explicava através de um milagre. Ele estava saindo da caminhonete quando a viu. Não a reconhecera logo. Ela parecia interessada na casa. Christopher tinha se aproximado devagar. Notara que ela estava com dificuldade de manter o equilíbrio no caminho congelado. E assim, como em um filme, ele praticamente voara até ela. Era como se mãos invisíveis o tivessem empurrado. Ele a segurara e sentira seu calor. Sua cintura era fina, apesar do casaco acolchoado. Seu cheiro era suave, seu hálito, quente. Christopher abrira as mãos e apoiara as costas dela. Por uma razão inexplicável, ele a trouxera para mais perto de si. Era uma coisa nova, os sentimentos em turbilhão. Desde a morte de Alice, não se aproximara de mulher alguma. Sentia falta de mulher. Não. Da mulher. Da sua mulher.

Naquele momento, com Angélica em seus braços, algo se acendera nele. Uma chama. Uma chama quente. Imaginou que a pele dela fosse macia e suave. Duas vezes no mesmo dia, ele se vira na mesma posição: com os braços ao redor da cintura de Angélica. Coincidência? Talvez. No dia seguinte, eles tomariam café juntos. Quem se importava que fosse no hospital?

"Pai, atenção, Natália chamando do planeta Terra." Natália falava como se fosse em um alto-falante.

Ele se virou para ela. "O quê?"

"Te chamei três vezes e nem aí." Ela jogou uma pipoca nele.

"Estava pensando numas coisas importantes." Ele pegou a pipoca do cobertor e a comeu.

"Do trabalho?"

"Não. Outras coisas." Ele apertou o nariz dela.

"*Umm*, misterioso." Ela franziu o nariz.

"Curiosa. Vamos terminar o filme outro dia. Já está tarde, e você tem aula cedo." Ele desligou a televisão, levantou-se e começou a dobrar o cobertor.

"Desmancha prazeres." Ela fingiu fazer careta.

Pai e filha arrumaram a sala e se deram boa noite. Quando Christopher finalmente se deitou debaixo das cobertas, sua mente escapuliu e foi visitar as cenas com Angélica. Ela caindo devagar em seus braços, enlaçando seu pescoço, soltando o hálito em sua pele. Christopher sentiu-se levitar na cama. Ele riu e fechou os olhos.

Sentada na viga do teto do quarto de Christopher, Joy ria baixinho. Seus truques podiam ser repetitivos, mas funcionavam. A cara de bobo do homem era prova de que um empurrãozinho tinha um efeito duradouro. Ah, os humanos!

Capítulo 13

Angélica jogou as luvas sujas de sangue e muco na lixeira, olhou por cima do ombro para a mãe beijando seu bebê e saiu da sala de parto. Seu trabalho ali tinha terminado. A pediatra explicava para a mãe e o pai que o bebê precisava ficar mais um dia no hospital para exames adicionais. A chegada à vida nem sempre era simples.

No corredor, a enfermeira encostou-se na parede gelada. Um auxiliar de enfermagem passou com uma gestante na cadeira de rodas. A mulher chorava, e o marido vinha logo atrás. Não havia nada de diferente naquele dia no plantão. O ciclo de saúde, doença, nascimento e morte continuaria até os fins dos tempos. O telefone no balcão da enfermagem tocou, e um dos enfermeiros atendeu. O relógio de parede mostrava que Angélica tinha mais cinco horas de plantão. Ela tomou fôlego e foi para o banheiro dos funcionários. Lavou as mãos, o rosto e se olhou no espelho. A touca hospitalar tinha desarrumado o rabo de cavalo. Ela refez o penteado e limpou uma mancha na bata azul do uniforme.

Angélica enxugou-se com um punhado de papel toalha e o jogou no lixo. Pegou o celular do bolso da calça e mandou uma mensagem para Christopher. Durante o parto da paciente, Angélica tinha decidido que cancelaria o café com ele. Ela preferia o silêncio depois que uma criança chegava ao mundo. No entanto, a vontade de vê-lo foi crescendo como uma onda que quebraria na praia. Na verdade, agora ela ansiava em vê-lo. A mensagem foi enviada, e a resposta veio em seguida. Ele a encontraria na sala de espera do hospital em dez minutos.

Aproveitando o tempo de espera, Angélica foi ao balcão da enfermagem e registrou os dados da paciente no computador.

"Tudo bem?" Margaret, a colega de enfermagem, perguntou. "Você está pálida."

"Preciso de um café. Vou tirar minha meia hora agora."

"Vá e coma alguma coisa também." Margaret atendeu ao telefone.

Angélica saiu pela porta automática e seguiu o corredor na direção da sala de espera. De cachecol amarelo e casaco preto longo, Christopher já a esperava com dois copos grandes descartáveis. Ele sorriu e lhe entregou o copo.

"Pensei melhor e achei que café de hospital não deve ser dos melhores. Nada contra, mas passei no Café Hope Lake. Espero que goste de *latte macchiato*."

Angélica levou o copo à boca, sentindo a espuma com um toque açucarado. "*Umm*, e com açúcar mascavo. Como descobriu que adoro?"

Ele fez um sinal para se sentarem nos fundos da sala, onde uma carreira de cadeiras estava vazia. "Não tenho poderes especiais. Só fiz uma sondagem na livraria."

Ela arregalou os olhos. Ele tinha se dado ao trabalho de perguntar à Amelie ou Viola sobre suas preferências de cafeína. Não conseguia se lembrar de alguém tendo essa consideração com ela. Suas duas amigas, Estela e Sr. Orlando, com certeza, mas não um homem que era quase um desconhecido. Angélica envolveu o copo quente com as mãos. "Então foi à fonte certa. Obrigada."

Eles bebericaram o café. Uma ambulância passou pela porta com a sirene tocando. Felizmente Angélica não estava de plantão na emergência, senão seu encontro teria terminado naquele momento.□Encontro. Que estranho estar ali com Christopher na companhia de pessoas doentes. Angélica olhou para ele, mas ele não parecia se incomodar. Na verdade, era como se estivessem sentados na praça. Isso porque nenhum dos pacientes esperando estava sangrando. Angélica lembrou-se que ele quase desmaiara ao ver o corte da filha. Ou talvez por ser sua filha, ele reagira daquela forma.

"Cansada?" ele perguntou.

"Acostumada. Tenho mais algumas horas antes de sair."

"Sempre sonhou ser enfermeira?" Ele virou o corpo um pouco mais na direção dela.

"Sempre, embora minha mãe quisesse que eu fosse médica. Sou uma decepção para ela." Angélica quis retirar o comentário. Christopher pensaria que ela era uma filha ingrata ou que estava fazendo drama. Porém, ao olhar o semblante tranquilo dele, ela relaxou.

"Não conheço sua mãe, mas duvido que seja uma decepção para qualquer pessoa aqui." Ele fez um sinal com o queixo para os pacientes. "Não foi uma decepção para mim e para Natália quando precisamos de você. Quantas vidas você toca diariamente, quantas cura, quantas conforta?"

Os olhos de Angélica queimaram. Como palavras de encorajamento faziam bem à alma e amoleciam o coração duro! Seu queixo tremeu, e ela bebeu mais do café cremoso. O que responder a palavras como aquelas? Angélica abaixou o copo para o joelho. "Obrigada por me lembrar disso."

Ele sorriu. "Sempre que quiser. Na hora da dor, do desespero, é bom ter profissionais da saúde que fazem o impossível para salvar uma vida."

Angélica notou o sorriso dele sumir e dar lugar ao olhar triste. Era óbvio que ele passara por dor e desespero ao perder a esposa. Sem pensar, Angélica apertou a mão dele, a pele morna, os ossos dos dedos sob sua palma. Era como se ela pegasse em uma mão pela primeira vez. Ao sentir a pressão dos dedos dele nos seus, Angélica sentiu um tremor que subiu pelos braços até o peito. Ele voltou a sorrir e disse:

"Obrigado."

Ela soltou a mão dele, mas o calor ficou em sua pele. "Não sei por que agradece." O relógio na parede mostrou que o encontro precisava terminar.

"Há coisas que só nós sabemos e que nos fazem agradecer. Só acredite que sou grato." Ele seguiu o olhar dela para o relógio.

"Gosta de patinar?" Ela perguntou.

Ele riu. "Não sei patinar bem."

"Sei que Natália patina. Acabaram de arrumar a pista na praça. Querem ir?"

"Se prometer não rir de mim."

"Está prometido. E obrigada pelo café. Sou outra pessoa." Ela levantou o copo como em um brinde.

"Sou outra pessoa também depois disso." Ele piscou para ela.

Angélica levantou-se, acenou para ele e foi para a porta automática. Passou o cartão e voltou ao seu mundo. A porta se fechou e a separou de Christopher. Ela refletiu sobre o significado do comentário dele o resto do plantão. Por que ele seria uma outra pessoa também? O café fizera tão bem a ele? Porque, na verdade, ela se sentia outra pessoa não só pela cafeína com creme, mas pela conversa estimulante. Angélica percebia que, a cada encontro com Christopher, ela desejava outro mais demorado.

As últimas horas do plantão passaram voando. Angélica arriscaria enfrentar o mau humor da mãe por chegar tarde em casa, mas precisava conversar com suas amigas. O que ela estava sentindo era novo demais para que soubesse definir.

Capítulo 14

Amelie estava ocupada com visitas em casa. Atribuições da mulher do prefeito, ela explicara à Angélica. Desanimada, ela mandou uma mensagem para Viola. A escritora corria o dia todo entre a livraria e o escritório em casa. Quando não estava escrevendo, arrumava uma reunião com a editora. Poucos leitores entendiam e apreciavam o trabalho monumental que era o de levar um livro às livrarias e plataformas digitais.

O ânimo de Angélica voltou ao ler a resposta de Viola, dizendo que a esperava em casa. Ela passou uma mensagem para a mãe, explicando que chegaria em uma hora, tempo suficiente para conversar com a amiga. Ela saiu apressada do hospital e entrou no carro. Em quinze minutos, parava na frente do casarão de Viola e Sálvio. Quando a escritora e o marido se reconciliaram depois de uma separação, eles se mudaram para Hope Lake e compraram o casarão vitoriano na saída da cidade. O grande quintal terminava no lago. Nos dias de tempo bom, Viola e Sálvio recebiam os amigos para coquetéis e churrascos.

□A escritora recebeu Angélica à porta com uma caneca de chocolate quente. "Imagino que queira espantar o frio e recarregar as baterias. Entre. Fiz uma quiche de queijo, como você gosta."

□A lareira acesa irradiava luz e calor na sala elegante. O longo sofá de couro fazia conjunto com quatro poltronas. Quadros de pintores locais mostravam imagens do lago nas quatro estações. Enquanto Hope Lake só atraía a atenção dos turistas nos dias quentes, os moradores tinham um compromisso de outono, inverno, primavera e verão com a pequena cidade.

□Angélica escolheu uma das poltronas e se sentou. Viola trouxe o pratinho com a quiche e o colocou na mesinha ao lado da amiga.

□"Está preocupada?" Viola perguntou ao se sentar.

□"Não exatamente." Ela pegou o pratinho. "Para falar a verdade, não sei o que estou sentindo."

□"É sua mãe?"

□"A questão com a minha mãe é sempre mal resolvida, mas não é isso. É Christopher."

□Viola arqueou as sobrancelhas bem-feitas. "O pai da Natália?"

□Angélica contou dos dois encontros inusitados. "Ele apareceu do nada. Na segunda vez, ele me chamou para um café."

O canto da boca de Viola se levantou em um meio sorriso. "Não perdeu tempo."

"Eu disse que estaria de plantão, então tomamos café no hospital."

"O café não é bom." Viola sorriu.

"Ele trouxe o café. Disse que procurou saber do que eu gostava. Foi você?"

"Não. Um anjo deve ter sussurrado no ouvido dele." A escritora riu. "O que mais?"

Angélica deixou o pratinho de volta na mesa. "Foi muito bom. Conversamos."

"Bom como? De dar *zing, zing*?"

"*Zing, zing*?" Angélica entrelaçou os dedos. Estava mais desatualizada do que pensava.

Viola cruzou as pernas e apoiou os cotovelos nos braços da poltrona como se fosse uma psicóloga pronta para a consulta. "Quando um homem nos atrai, sentimos um calafrio, como se uma corrente elétrica passasse por nossos ossos e nervos."

A sensação descrevia bem o que Angélica sentira nas vezes que sentiu as mãos e o hálito de Christopher. "Atração?" Não era nem de perto igual ao que sentira pelo namoradinho, pai do seu bebê. Ali os hormônios assumiram a direção. Não houvera qualquer interesse pessoal. Com Christopher, Angélica queria saber mais, ouvir mais. Tocar mais. Sentir mais. Seu coração palpitou. "Então foi *zing, zing, zing*."

Viola riu solto. "Isso é bom, Angélica." O rosto dela ficou sério. "Qual foi a última vez que teve um namorado?"

Angélica abaixou a cabeça.

"Não quis ser indiscreta. Não precisa falar."

Angélica olhou para a amiga. Amizade não incluía confiança? "Aos dezessete anos. Tivemos um filho." Ela soltou um soluço, e as lágrima rolaram.

Viola levantou-se e se sentou no braço da poltrona de Angélica. Colocou o braço em seu ombro. "Querida, querida amiga." Viola puxou Angélica para o sofá e a abraçou. Acariciou o rabo de cavalo dela. "Deite-se aqui. Chore. Fale ou não fale." Ela abaixou a cabeça da enfermeira no seu ombro.

"Foi sem pensar." Angélica soluçou. "Uma vez e uma criança."

"Onde está essa criança?" Viola sussurrou.

"Não sei. Foi adotada. Minha mãe..." Ela chorou de soluçar. Angélica era a criança, a criança que precisara da mãe e só tivera seu desprezo. A mãe que calara seu pai.

"*Shhh*, não precisa dizer mais nada." Viola a apertou no ombro. "Não há um justo sobre a Terra. Não é isso o que diz a Bíblia? Todos temos nossas faltas e fraquezas."

"Com consequências."

"Sim, mas não é o fim."

Angélica olhou para Viola com olhos marejados. "Para mim foi. Meu bebê foi tirado de mim."

Viola balançou a cabeça em entendimento. "O que quero dizer é que podemos recomeçar. Umas coisas voltam, outras não. Você é testemunha de que meu Sálvio voltou. Nosso casamento tinha acabado."

"Eu sei, mas Sálvio não sumiu do mapa."

"Verdade, mas nada nos impede de orarmos para que você tenha alegria novamente. Não sabemos os caminhos de Deus."

Angélica engoliu a saliva. Quinze anos tentando ter fé. "Estou fraca."

"Para que servem os amigos?"

"Preciso contar para Amelie. Ninguém sabe disso." Angélica tirou um lenço de papel do bolso do casaco.

"A seu tempo." Viola pegou o pratinho e o deu à Angélica. "Coma. Vai se sentir melhor. E me fale mais do *zing*."

"Acha errado eu me sentir assim?" Ela comeu um pedaço da quiche.

"Não temos controle dessas coisas. Temos controle do que vamos fazer com elas. O que quer fazer?"

"Conhecer Christopher melhor."

"Minha avó dizia que, quando os anjos ouvem certas coisas, eles dizem amém e começam a trabalhar. Quem sabe não vem mais tombo por aí?"

Angélica riu. "Estamos na fase de tomar café e patinar."

"Patinar?"

"Vamos patinar amanhã: eu, ele e Natália."

□"Um programa em família. Moço sensato."

□"A ideia foi minha."

□"Moça sensata." Viola bateu de leve na mão dela. "Mas não seja tão sensata o tempo todo. Você não é mais a adolescente de anos atrás. É uma linda mulher. Christopher é um homem, não um menino. Na idade de vocês, as coisas podem avançar mais rápido. Conversem muito. Alinhem os valores." Ela apontou para o alto. "Os anjos podem dizer amém, e Deus vai dar o carimbo de aprovação."

□Angélica sentiu o conhecido tremor. Ao sair da casa de Viola com o coração cheio de esperança, ela desejou fazer uma visita a Christopher e Natália. Porém, quando se lembrou da mãe, o caminho que fez foi o de casa.

□Joy deu uma cambalhota no ar, rindo da cena no apartamento de Angélica. Regina andava de lá para cá, abrindo e fechando as portas dos armários, abrindo e fechando gavetas. Ela foi ao banheiro e olhou no chuveiro. Deu um resmungo. Depois abriu a geladeira e o forno. A mulher levou a mão à cabeça. Voltou ao quarto e abriu as gavetas, fechando-as em seguida. Joy gostava de brincar de quente ou frio. No caso de Regina, era só frio. A mulher nunca acharia a bolsa com a chave do carro e os documentos. Com o xale grosso sobre o terninho, Regina cruzou a sala e abriu o armário da entrada. Vasculhou-o pela terceira vez. A campainha tocou. Ela abriu a porta com força.

□"Quem é você?" ela perguntou entre dentes.

□"Orlando. Vizinho da Angélica." Ele estendeu a mão para Regina, mas ela não retribuiu o cumprimento.

□"Ela não está."

□"Deve ser a mãe dela."

□"Não. A camareira. Quem mais eu seria?"

□De uma cadeira, Joy observava o diálogo. Acenou para Haniel, o anjo de cabelo crespo escuro, parado atrás de Orlando.

□"Poderia dizer à sua filha para dar um pulo no meu apartamento?"

□"Ah, claro. Ela passou o dia fora e agora tem que visitar o vizinho." Regina ajeitou o xale, que escorregava pelo ombro.

□"A senhora é sempre mal-educada assim ou só comigo?"

□Haniel envolveu Orlando com suas asas.

□Regina abriu os olhos em horror. "Não sou mal-educada. Você me pegou em uma péssima hora."

□"De fato, péssima hora. Sempre sou muito bem-recebido quando essa porta se abre. A senhora tem uma filha de ouro. Se não fosse por ela, eu estaria morto no chão do meu apartamento. Antes de soltar os cachorros sobre ela também, pense que ela também pode ter tido um dia difícil. Passe bem, minha senhora. Que Deus trate do seu furúnculo." Orlando deu meia-volta e saiu, apoiando-se na bengala.

□Joy e Haniel levantaram os braços em sinal de vitória.

□Regina fechou a porta e se sentou no sofá. Abaixou a cabeça nas mãos. O xale caiu no chão. Depois de um tempo, ela levantou a cabeça. A bolsa estava na mesinha de centro, bem à sua frente. Ela balançou a cabeça como se quisesse fazê-la funcionar de novo.

□Joy riu, e Haniel balançou a cabeça em uma repreensão humorada.

Capítulo 15

A ngélica saiu do elevador e foi pelo corredor do
prédio como se pisasse em algodão. Do caminho
da casa de Viola, ela sentiu-se como sonâmbula. *Zing,
zing, zing.* Seria exagero de Viola? Angélica já tinha visto
Christopher algumas vezes nesse ano em Hope Lake.
Achara-o bonito, mas nada além disso. Ela nunca tinha
conversado com ele, e o pouco que sabia da sua vida
tinha sido através de Natália. Porém, no dia do escorregão,
algo mudara. Talvez a proximidade dele provocara nela
um interesse incomum. Depois do café no hospital, o
interesse aumentara. Agora ela andava como se os pés
afundassem no carpete do corredor. Angélica abriu a porta
de casa ainda em estado de encantamento. Não reagiu
imediatamente ao ver a mãe sentada na cadeira ao lado da
porta com cara de ter comido manga verde.

"Fez hora extra?" Regina perguntou, agarrada ao xale
nos ombros.

Finalmente Angélica acordou do doce sonho. "Mãe, o que está fazendo aqui à porta?" Ela olhou para dentro do apartamento, tentando identificar o problema.

"Sua casa é muito estranha. E o vizinho, reprovável." Ela apertou mais o xale nos ombros.

Angélica tirou o casaco e o pendurou. "Do que está falando? O que é estranho? E qual vizinho?" Ela arrancou a bota suja de neve e lama, colocando-as no tapetinho.

"Para falar a verdade, eu ia embora essa tarde. Minha bolsa desapareceu. Olhei em todos os cantos, até na geladeira."

"Quero um chá." Angélica foi na frente, cansada demais para se importar se a mãe a acompanhava. Por que ela procuraria a bolsa na geladeira?

"Seu vizinho disse que tenho um furúnculo. Onde já se viu linguagem mais chula. Não é assim que se trata uma senhora." Regina foi atrás da filha.

Angélica abriu o armário e tirou uma caneca. Colocou a chaleira para ferver. "Que bolsa, que furúnculo? Não estou entendendo nada."

"Pare e olhe para mim. Fica rodando como se tivesse cheirado cola." Regina arrastou a cadeira e se sentou. "Como disse, eu ia embora porque você fica muito tempo no trabalho. Não se incomodou de tirar uma folga. Aí, minha bolsa sumiu. Rodei tudo. Ela só apareceu depois, e sabe onde? Na mesinha de centro. Acredita nisso? Achei que estava tendo um AVC."

□"Mãe, meus plantões são corridos. Pensei que soubesse." Como ela saberia se nunca perguntou sobre o trabalho da filha? "Não posso tirar folga ou férias. Temos poucos funcionários no hospital."

□"Está doida que eu vá embora." Regina levantou-se e andou de um lado para o outro na cozinha.

□Angélica fez a mãe se sentar. A chaleira apitou, e ela encheu uma caneca. "Tome esse chá." Ela pegou outra caneca e a encheu. "Não posso modificar meu horário. E que coisa de vizinho e furúnculo?"

□"Seu vizinho da bengala. Ele encrespou comigo. Queria falar com você e não deve ter gostado quando eu disse que não estava."

□Angélica bebeu o chá quente, tentando derreter o gelo que se formava em seu coração com aquela conversa. Por que tudo era uma batalha? "Sr. Orlando é um grande amigo. Não o imagino tratando alguém mal."

□"Pois me tratou mal." Ela abanou a mão. "Deixe para lá. Agora que achei minha bolsa, posso ir amanhã cedo. Vou dormir abraçada a ela."

□"Mãe, não queria que fosse embora assim." Ir embora emburrada significaria mais acusações no futuro. Angélica podia até ouvir a mãe falando, "Naquele dia na sua casa, quase me enxotou. O vizinho era louco, e minha bolsa sumiu. Sua vida tomou um rumo terrível". Angélica contou até dez mentalmente. "Por que não sai para dar uma volta amanhã, conhecer melhor a cidade, ir à livraria?

A gente se encontra no centro quando eu sair do trabalho." A patinação teria que ficar para outro dia. Angélica jogou o resto do chá na pia e colocou a caneca na lava-louça. "Vou ver o que o Sr. Orlando quer."

"Homem desagradável." Regina passou a unha por um vinco invisível na toalha branca.

Angélica saiu, mordendo a língua para não falar umas boas para a mãe. Ela calçou uma pantufa e bateu na porta do vizinho. Ouviu a bengala se aproximando.

"Angélica, entre. Acabei de tirar uma *pizza* do forno. Coma comigo."

O cheiro de queijo e orégano circulava pelo apartamento. "Aceito um pedaço." Longe da mãe, o suco gástrico corroía menos o estômago.

Os dois se sentaram à mesa e degustaram a *pizza* de massa leve e fina.

"Conheceu minha mãe. Já vou me desculpando." Ela puxou um fio de muçarela, que colou nos lábios.

"Não se desculpe pelos outros. Cada um define e decide o que deseja ser." Sr. Orlando serviu um copo de refrigerante para Angélica. "Como você está?"

"Tensa. Tudo é motivo de confronto com minha mãe."

"É tudo do avesso. Se eu tivesse uma filha como você, seria o homem mais feliz do planeta." A mão do homem tremeu um pouco ao cortar o pedaço de *pizza*.

▢Sr. Orlando tinha razão. Os filhos o abandonaram sem motivo, enquanto Angélica lutava para manter a relação com a mãe, que parecia não fazer questão alguma de acertar as coisas do passado e do presente. "Nenhuma notícia deles?"

▢Ele tirou um envelope do bolso do colete de lã. "Recebi esse cartão de um neto." Entregou-o à Angélica.

▢Ela leu a mensagem curta. "Uma porta se abrindo aí. Tinha contato com ele?"

▢"Vi algumas vezes. Ele deve estar com dezenove anos."

▢"Por que as pessoas se afastam assim?" ela perguntou.

▢"Não sei. No meu caso, foi falta de interesse. Parei de ligar para meus filhos depois que ouvi inúmeras vezes que eles não tinham tempo. Devem ter achado bom. Claro, eles ligam no Natal e no meu aniversário para cumprir a obrigação."

▢Angélica balançou o cartão. "Vai escrever para ele?"

▢"Já escrevi. Vamos ver no que dá." Ele bebeu um pouco do refrigerante.

▢"Sabe que estou logo ali do lado. Sou meio velha para o senhor me adotar, mas me considere uma filha." Filha. A palavra bateu forte no coração de Angélica. Teria tido uma filha? Ou filho? Não importava. Só tinha a impressão do pezinho numa folha de papel, que uma enfermeira mais velha conseguira para ela por meios não convencionais.

▢"Sei disso. Por isso quis compartilhar essa novidade." Ele pegou o cartão de volta e o releu.

□A contragosto, Angélica voltou para casa depois da *pizza*. Como na noite anterior, ela deu boa noite à mãe e avisou que iria para cama. A mãe fez um bico, mas não disse nada. Angélica se sentia como a menina do passado, que mal conseguia dar um passo sem a mãe controlar sua vida. Quando ela devia ter interferido, não o fez. E a gravidez rendeu uma enxurrada de 'não posso dar as costas que você apronta' nos anos seguintes. Assim Regina intensificara o policiamento. Com a visita, Angélica se via presa, restrita, encurralada. A impressão que tinha era que sua mãe estava ali havia semanas.

□Colocando o travesseiro em cima do rosto, ela soltou um urro. Imaginou-se descendo um monte sentada num trenó, gritando livremente, rindo, o vento frio queimando seu rosto. Liberdade! Nunca ela desejara tanto uma coisa.

Capítulo 16

O vídeo no celular em cima da pia do banheiro mostrou o passo a passo do novo estilo de rabo de cavalo. Angélica abandonou o rabo repuxado, e fez um alto e mais frouxo. Não poderia inventar um penteado complicado que destoasse do ambiente de trabalho. Ela faria plantão na emergência, então não usaria touca cirúrgica. Estava na hora de se cuidar um pouquinho mais. Sem exagero, claro. Só de pensar na mãe olhando atravessado para ela, sua vaidade mínima murchava. Porém, Angélica não podia se privar de se fazer uns agrados.

Com um espelhinho na mão, ela se olhou de costas no espelho da pia. Depois abriu a gaveta do gabinete e tirou a bolsinha de maquiagem. Realçou os olhos e os lábios com cores neutras. No quarto, ela vestiu o uniforme hospitalar lilás, mais uma nova aquisição das limitadas opções de vestuário da profissão. Inspirando fundo, ela foi para a cozinha.

"Bom dia," a mãe disse ao ligar a cafeteira. Regina olhou para a filha. Franziu ligeiramente a testa. "Festa no hospital?"

Angélica decidira não se deixar afetar pelos comentários. Um dia de cada vez. "Bom dia. Acordou cedo."

Regina deu de ombros e encheu duas canecas com café. "Torrada?" Sem esperar, ela colocou duas fatias de pão na torradeira.

"Obrigada." Angélica tirou a manteiga e o requeijão da geladeira. Olhou por cima do ombro para a mãe. "Vamos comer alguma coisa fora no jantar? Chego umas sete."

"Algum restaurante que valha à pena?" A mulher tirou as torradas e as colocou em dois pratinhos.

"Tem um caseiro muito bom." Angélica se sentou e pegou a torrada.

"Não faz sentido. Se é comida caseira, comemos em casa."

Paciência, paciência. Por onde ela andava? "A gente pode se encontrar na praça."

Regina mordeu um pedaço da torrada. "Sete?"

"Isso."

Terminada a grande negociação com a mãe como se fosse um tratado pós-guerra, Angélica se despediu e saiu. A manhã na emergência foi tranquila, com atendimentos menos complexos. Um pouco antes do almoço, ela recebeu uma mensagem de Christopher.

PATINAÇÃO HOJE?

Ela suspirou. Digitou a resposta, enquanto ia de uma sala de atendimento à outra.

GOSTARIA MUITO, MAS VOU JANTAR FORA COM MINHA MÃE.

Os três pontinhos pularam por um minuto no visor. Angélica parou à porta da sala de exame.

APROVEITE. VAMOS COMBINAR OUTRO DIA?

Ela digitou que sim. Voltando a atenção às responsabilidades, Angélica aferiu a pressão arterial do paciente idoso de cabeça calva. Enquanto anotava a informação na prancheta, ela refletiu sobre a contradição do momento que vivia. Passara um ano em Hope Lake com pouco contato com Christopher e Natália. Agora que o relacionamento estava avançando, a visita da mãe, que nunca aparecia, aconteceu na hora mais inoportuna.

Angélica saiu da sala quando o médico entrou e foi para outra sala de exame. Como era aquela citação que lera outro dia? A vida é complicada. Não tente achar respostas, porque quando as encontra, a vida muda as perguntas. Uma frase de autoajuda, mas muito apropriada. E perguntas Angélica tinha de sobra, a maior delas era sobre seu bebê.

No fim do expediente, Angélica já tinha aceitado o fato de que não sairia para patinar com Christopher e Natália, e que jantaria com a mãe. Elas se encontraram na praça e foram para o restaurante.

Angélica detestou o olhar desconfiado da mãe quando se sentaram no ambiente simples. Regina espanou uma sujeira invisível da toalha branca e estendeu o guardanapo de pano no colo.

"A comida deve ser boazinha," ela disse.

A garçonete de uniforme preto e avental branco chegou com os cardápios. Angélica falou primeiro para impedir que sua mãe desse um *show* de arrogância.

"Oi, Magda. Tudo bem? E as crianças?" Angélica perguntou à garçonete.

"Bem. Marquinhos sarou da garganta." Ela sorriu e olhou para Regina.

"Fico feliz. Pode trazer aquela limonada especial?" Angélica pediu.

"Para já." A garçonete saiu.

"Conhece todo mundo aqui, é?"

"Privilégios da profissão." Angélica olhou para o menu.

"Não tem privacidade assim."

A filha olhou para a mãe. "Não faço nada escondido." Ela esperou a retaliação.

"O que vamos comer?"

Angélica olhou da mãe para o menu. "O *fettuccine* é bem gostoso." Para sua surpresa, a mãe não reclamou da escolha. Para sua maior surpresa, o jantar foi tranquilo, sem ataques e reclamações.

No cafezinho, as duas permaneceram em silêncio. Magda trouxe a conta, que Regina pegou. Quando a garçonete saiu de perto, Regina falou:

"Estou com câncer."

Angélica pensou ter ouvido errado. Alguém da família estava doente. Não sua mãe. Não a temível doença com C. Ela deixou a xícara no pirex. Os dedos tremeram. "Mãe?"

"De tireoide." Regina dobrou o guardanapo várias vezes até ele se tornar um quadrado grosso. "Descobri faz um mês."

A garçonete trouxe a máquina do cartão de crédito, e Regina efetuou o pagamento. Quando mãe e filha ficaram sozinhas novamente, Angélica perguntou:

"O que o médico disse?"

"Que é um nódulo só." Ela deu de ombros. "Vai tirar apenas a parte afetada. Dependendo do que a biópsia indicar, nem vou precisar de tratamento com iodo radioativo."

A vida mudava as perguntas, e Angélica mal tinha respostas das antigas. Ela se lembrou do parquinho de diversão aonde ia com os avós. Os carrinhos bate-bate assemelhavam-se à sua vida. Uma pancada ali, outra aqui, nunca ia para frente em linha reta.

O restaurante foi ficando vazio. Apenas três mesas estavam ocupadas. Uma família barulhenta cantava parabéns a um garoto mal-humorado com os braços cruzados e a cabeça escondida no capuz do moletom. Um casal cochichava e sorria. Na terceira mesa, Angélica e Regina batiam com seus carrinhos.

"Quando é a cirurgia?"

"Na próxima semana. Por isso, vou embora amanhã. Preciso fazer exames e me preparar."

"Estarei lá." Angélica disse.

Regina balançou a cabeça negativamente. "Você tem seu trabalho, os plantões. Sua tia Silvia vai comigo."

"Isso é inegociável. Vou na minha folga. Não é tão longe assim." O *fettuccine* revirou no estômago de Angélica. Ela olhou para a mulher de cabelo impecável, terninho azul-marinho com um broche perolado, e a imaginou de camisola hospitalar.

"Se insiste."

"Insisto."

A volta para casa foi em silêncio. Regina arrumou a mala, enquanto Angélica, sentada na beira da cama, lia sobre a cirurgia no celular.

"Vai ficar bem, mãe," ela disse.

Regina virou-se para a filha com uma camisa branca dobrada nas mãos. "Assim espero."

Joy estava sentada na beira da cama ao lado de Angélica. Haniel apareceu e pairou no quarto. Ele perguntou:

"O que vai acontecer?"

Joy arqueou a sobrancelha. "Não somos oniscientes, mas meu palpite é que muita história vai se desenrolar depois dessa notícia. Meu papel é proteger Angélica, estar ao seu lado nos melhores e piores momentos. Ela vai desanimar na certa. O que sei é que ela ainda viverá boas coisas porque esse é o propósito para os filhos de Deus independentemente do mal."

"Não há nada de novo debaixo do sol," Haniel disse.

"Assim está escrito," Joy completou.

Capítulo 17

Mãe e filha se despediram cedo no dia seguinte. Angélica acompanhou com o olhar triste o carro preto sumir na rua coberta de neve. A visita não tinha sido ruim de todo. Alguns canais de comunicação, embora truncados, foram abertos. Era mais fácil fugir das dificuldades com a mãe, fingir que tudo se acertaria em uma intervenção milagrosa. Mas ali, vendo o carro virar a esquina, Angélica apertou o casaco no peito e voltou para o prédio, refletindo sobre os próximos dias da mãe.

O plantão na emergência trouxe os mesmos casos comuns. Isso deu à Angélica o sossego para considerar seus dias, presentes e futuros. Durante o intervalo de almoço, ela mandou uma mensagem para Christopher, perguntando se a patinação ainda estava de pé. Ele respondeu que sim.

Na saída do trabalho, ela passou na livraria. Precisava contar para a amiga do seu bebê. Amelie tinha acabado de fechar a loja quando Angélica chegou. Elas se abraçaram e entraram para o ambiente aconchegante com cheiro de papel e tinta. Entre duas prateleiras de livros, Angélica falou do bebê. Amelie chorou.

"Nenhuma pista?" Amelie perguntou.

"Não. A única coisa que tenho é um papel com a impressão do pezinho além do coração dolorido."

"Sinto tanto. Não sou mãe ainda, mas só de imaginar alguém tirando meu bebê, minhas pernas ficam bambas."

De mãos dadas, elas oraram. Amelie pediu intervenção divina para que Angélica pudesse ter um vislumbre do seu filho.

Angélica se despediu, sentindo-se leve por ter confidenciado sua preciosa história às melhores amigas. Ela correu para o apartamento. De calça preta e casaco vermelho, ela arrumou o cabelo solto antes de colocar a touca branca com pompom. Refez a maquiagem do dia anterior. Minutos depois, ela recebeu uma mensagem de Christopher, avisando que ele e Natália a esperavam no carro no estacionamento do prédio.

Agridoce. Sua mãe partira e enfrentaria uma cirurgia. A revelação causara em Angélica uma sensação de urgência, de desejar que a semana passasse logo e ela pudesse visitar a mãe. Por outro lado, as horas seguintes a presenteariam com a companhia de Christopher e Natália. Como conciliar duas sensações opostas? Nada fazia o carrinho bate-bate andar em linha reta, sem colisões e demoras.

Christopher esperava Angélica ao lado do carro. Ela viu o rosto de Natália colado no vidro da janela traseira. Christopher abriu a porta da caminhonete para ela.

"Animado?" Angélica perguntou.

"Para levar tombo? Não muito." Ele riu.

Ela sentou-se e virou-se para trás. "Você deve estar animada."

Natália apoiou os antebraços no encosto dos bancos da frente. "Sempre entusiasmada para patinar e ver suas acrobacias."

Christopher entrou e afivelou o cinto de segurança. Ele ligou o carro e saiu pela rua principal de Hope Lake. "Acrobacias? Não sabia disso. Agora complicou para mim."

Natália riu. "Meu pai patina como uma girafa no gelo." Ela jogou os braços no ar, imitando falta de equilíbrio.

"Ei, se vão zombar, fico no café olhando da janela, tomando um chocolate quente, comendo torta de maçã," Christopher falou.

"Nada disso. Lanchinho só para quem patinar." Angélica bateu a mão no ombro dele.

A caminhonete seguiu pela rua de postes enfeitados com fitas e guirlandas natalinas. As lojas iluminadas atraíam os clientes para compras antecipadas de presentes. A vitrina da livraria exibia um presépio com luzinhas. Era o primeiro dia de dezembro, e tudo lembrava a data festiva.

Quando Christopher estacionou ao lado da praça, os três desceram e foram para os bancos ao lado da pista de patinação. O coreto iluminado e enfeitado parecia um farol na noite.

Angélica pegou os patins da bolsa e tirou a bota.

Christopher ajoelhou-se de frente a ela. "Permita-me, senhora." Ele riu e pegou os patins. Tirou a bota de Angélica e pôs os patins.

Angélica observava o gesto inesperado, os dedos de Christopher amarrando o cadarço. Ele parecia vendedor de sapatos calçando a cliente. Na verdade, ela se sentia a Cinderela provando o sapato de cristal. Ela olhou de relance para Natália, que amarrava os próprios patins e sorria da cena.

"Obrigada," Angélica respondeu. "Não contava com um gesto tão galante."

Ele pegou os próprios patins. "É uma tática. Talvez você não preste muita atenção ao vexame que vai ocorrer na pista em alguns minutos."

Angélica levantou-se e piscou para Natália. A jovem ficou de pé. As duas puxaram Christopher pelos braços.

"Vamos acabar com esse suplício logo," Angélica disse.

Eles caminharam pelo tapete estendido entre os bancos e a pista. Esbarraram em algumas pessoas que vinham na direção contrária. Alguns conheciam Angélica e acenavam. Ela pulou na pista sozinha e deslizou de costas.

"Venha," ela fez um sinal para Christopher.

Ele parou na beira do gelo. Natália passou na frente dele e foi se juntar ao círculo de patinadores de todas as idades que giravam na pista.

Christopher colocou um pé no gelo. "Melhor sair da frente."

Ela permaneceu no lugar e estendeu as mãos para ele. "Fixe o olhar em um ponto qualquer. Melhor para o equilíbrio."

Ele olhou nos olhos dela. Estendeu-lhe as mãos e levou o outro pé ao gelo. As pernas dele bambearam, mas logo ele as firmou. Natália passou por eles e acenou.

De mãos dadas, Angélica e Christopher deslizaram devagar, enquanto os outros patinadores passavam velozes.

"Está indo bem," ela o encorajou.

"Bem mal," ele riu.

Fizeram uma volta. Natália aproximou-se e segurou a mão do pai.

"Deixe a Angélica fazer umas piruetas," ela disse.

Christopher soltou a mão da mulher. "Quero ver."

Angélica arrumou a touca e deslizou para o centro da pista. Patinou devagar, fazendo um oito no gelo. Depois ela parou e abriu os braços. Tomando impulso, ela girou como um peão. Levantou os braços como uma bailarina, inclinou o corpo para frente e levantou a perna. Tomando a pista, ela voou entre os patinadores amadores, que abriram caminho para ela passar. A sensação do frio do gelo no rosto, do calor no corpo e da velocidade a deixaram extasiada. De repente toda a tristeza e peso dos últimos dias foram liberados, deixando-a leve. Ela deu um salto e pousou com os braços abertos. As pessoas ao redor aplaudiram. Ela fez uma pose de agradecimento e voltou para perto de Christopher.

"Você... como sabe fazer isso?" Ele balançou e quase caiu. Angélica o segurou.

"Planos frustrados da minha mãe. Ela queria que eu fizesse patinação artística. Fiz um tempo, mas não era para mim."

Uma menina passou e puxou Natália. As duas saíram patinando. Christopher, como se andasse de pernas de pau, tentou sair da pista. Seus braços giraram como pás de um helicóptero, e ele tombou para frente. Angélica o segurou, mas os dois caíram sentados no tapete ao lado da pista.

Ela caiu na gargalhada. Ele se aprumou e se levantou, puxando-a em seguida. Os braços dele a enlaçaram pela cintura.

"Falei que você ia rir de mim." Ele sorriu, o rosto próximo ao dela.

"Você me segurou duas vezes quando caí. Agora foi a minha vez. Pena eu não ter feito bonito como você." Ela apoiou as mãos nos ombros dele.

"Uma boa tentativa. Só não me salvou da vergonha eterna." O sorriso dele foi sumindo, e o rosto se aproximando do dela.

Angélica abriu os lábios, o hálito subindo em uma névoa branca. Ele a puxou mais para si.

Natália saltou ao lado deles, desligando a corrente elétrica que se formava. Angélica se afastou.

"Meu pai caiu?" a jovem perguntou, com um sorriso.

"Tudo sob controle." Angélica piscou para ela.

"Acho que preciso daquele chocolate quente e da torta," Christopher falou.

"Podemos comprar e levar para casa? Angélica vem com a gente." Natália sentou-se no banco e começou a trocar os patins pela bota.

"Vem," ele sussurrou para Angélica.

Suas pernas bambearam. Ouviu um convite velado naquela única palavra?

Joy girou no ar ao redor da pista de patinação. O truque do tombo mais uma vez funcionara. Ela observou Angélica, Christopher e Natália indo na direção da caminhonete. Prometeu a si que não se intrometeria na visita de Angélica à casa do lago. Ela vira com olhos espirituais laços de relacionamento se formando entre eles. Precisava deixar que eles se resolvessem. Pelo menos por um tempinho.

Flutuando, Joy seguiu o carro. Ficaria na viga do teto da sala assistindo ao desenrolar da história.

Capítulo 18

Natália pulou da caminhonete e correu para a porta de casa. Christopher e Angélica vieram logo atrás, carregando sacolas com o esperado lanche.

"Chegou encomenda." Natália pegou a caixa de entrega do chão e a balançou.

Christopher abriu a porta. "Vamos para a cozinha." Ele acendeu a luz da sala com o cotovelo.

Na cozinha, Natália pegou uma faca e abriu a caixa, tirando um embrulho de dentro. "O que é isso, pai?"

"Abra e descubra." Ele sorriu.

Angélica deixou a caixa com a torta em cima da bancada, o cheiro de canela a atormentando desde que a compraram no café. "Se não se importarem de eu abrir os armários, arrumo a mesa do lanche."

"Fique à vontade. Vou fazer o chocolate quente." Christopher tirou uns envelopes com a mistura de uma sacola de papel e colocou a chaleira para esquentar.

Os casacos dos três foram parar em uma cadeira. Natália abriu o pacote e tirou uma espécie de caderno de dentro.

"É um diário," Christopher falou. "Da coleção da Angélica."

Angélica tirou os pratos do armário e olhou para o diário. "Ah, se tivesse me falado que queria, faria um especial e o entregaria pessoalmente."

Natália examinou o diário. Abriu as páginas em branco. "Que lindo! Não sabia que fazia esse tipo de coisa. Me passa o *link* que quero ver mais."

"É um passatempo." Angélica colocou os pratos na mesa. "Espero que sirva para você."

"Estou lendo outro livro de Natal e quero escrever umas reflexões." Ela abraçou o diário.

"Vamos lanchar? Aquele tombo me deu fome," Christopher falou.

Entre conversas bem-humoradas, chocolate quente e torta de maçã, Angélica imaginou-se em um casulo aconchegante, seguro, na companhia de Christopher e Natália. Os problemas e conflitos da vida ficaram do lado de fora. Ela observou o pai e a filha trocarem palavras carinhosas e fazer piadas que só eles entendiam. O casulo abrigava a esperança apesar da perda. Angélica mastigou a casca crocante do pedaço da torta, sentindo a maçã quente com canela espalhar-se pela boca. Uma doçura que combinava com a cena caseira, coisa que ela não experimentara na infância. Sua mãe sempre mandona, seu pai sempre resignado, talvez para manter a família de pé, era a lembrança que Angélica tinha.

Quando apenas farelos da torta sobraram na forma, Natália tirou a louça suja e avisou que iria para o quarto ler e escrever no diário. Christopher e Angélica terminaram de arrumar a cozinha e foram para a sala.

"Está na minha hora," ela disse, com o casaco pendurado no braço.

"Tem plantão amanhã?" Ele pousou a mão no ombro dela como um pássaro em um ninho.

"Estou de folga, mas prometi ajudar Amelie e Viola com os embrulhos de presentes." Ela sentiu a leve pressão da mão dele.

"Embrulhos?"

"Um projeto novo da livraria. Quando os clientes compram um livro, eles podem doar um extra para mandar para casas de repouso, escolas e outros lugares de presente de Natal. Alguns voluntários fazem os embrulhos."

"E aceitam mais voluntários?"

"Sempre aceitamos mais um." Angélica apertou o casaco no braço. *Zing*.

"Conte comigo. E já que não vai dar plantão, que me diz de nos sentarmos ali perto da lareira? Ainda é cedo." Ele fez um gesto com a cabeça para o canto aconchegante da sala.

Angélica não respondeu, mas deixou-se levar para o sofá. Christopher pegou o casaco dela e o deixou na poltrona. Ela olhou ao redor da sala e afundou o corpo no assento macio, assistindo às chamas da lareira. O olhar seguiu para a parede de vidro, que parecia uma tela, mostrando imagem da lua prateada refletida no lago.

Christopher sentou-se ao lado de Angélica. "Como foi a despedida da sua mãe?"

Ela pegou uma almofada e a abraçou. Sua mãe tinha avisado que chegara bem em casa no meio da tarde e que teria uma consulta com o especialista no dia seguinte. Angélica falou da doença da mãe para Christopher. "E estou planejando ir visitá-la na minha próxima folga, que coincide com o fim de semana."

"Você disse que ela mora em Aurora. Pode não acreditar, mas tenho um grande cliente lá que preciso ver. Gostaria muito de companhia na viagem, se não se importar."

□Algum anjo deveria estar de plantão, porque Angélica não gostava de viajar sozinha, muito menos nas estradas escorregadias em dias de neve. O melhor de tudo era poder passar algumas horas com Christopher. Definitivamente um anjo estava a postos. "Olhe, mentiria se dissesse que não tenho problema em ir sozinha. Se não for atrapalhar seus planos com o cliente, aceito." O casulo ficou mais acolhedor com o sorriso de Christopher. Ela se sentia abraçada naquela casa, ao lado dele.

□"Só preciso sair bem cedo. Natália vai ficar com minha irmã. É aniversário da Larissa, e vão passar o fim de semana juntas."

"Vou estar de mala pronta na porta de casa." Angélica sentiu o rosto esquentar. Correu os dedos pelo cabelo.

Christopher se ajeitou no sofá, virando o corpo para ela. "Como veio parar em Hope Lake?"

Angélica voltou ao passado, nos meses que antecederam à vinda para Hope Lake. No apartamento do tamanho do seu quarto na casa dos pais, ela refizera sua vida sem o monitoramento constante da mãe. "Eu trabalhava em um hospital de porte médio. Os plantões eram uma loucura. Por causa de problemas pessoais, eu comecei a adoecer. Nada que os médicos conseguissem determinar. Uma hora era dor na nuca, outra hora, queimação no estômago. Os diagnósticos eram confusos. Passei a monitorar esses sintomas e ligá-los aos acontecimentos da minha vida. A gente acha que o estresse é uma explicação insuficiente para certos sintomas, mas fui ver que era a única explicação. Daí surgiu a vontade de ir para um lugar mais tranquilo. Claro, os problemas pessoais vieram na mala, mas o corre-corre do trabalho melhorou. Eu tinha passado em Hope Lake no caminho para Lenox, de férias. Pensei que, se um dia eu saísse de Aurora, me mudaria para cá. Foi assim." Angélica omitira o fato de que seu bebê tinha nascido em Aurora, e que ela olhava para as crianças e adolescentes da idade que ele teria e ficava imaginando quantas vezes cruzaria com ele nas ruas da cidade. "Você tem outras ligações com Aurora além dos clientes?"

▢Ele balançou a cabeça devagar, de forma afirmativa. "Moramos em Aurora, eu e Alice, depois que nos casamos. Natália nasceu lá. Ficamos uns três anos e nos mudamos para uma cidade uma hora ao norte. Quando minha irmã começou a ficar doente aqui, tomei a decisão. Já não queria morar no mesmo lugar com as lembranças da Alice."

▢Angélica acariciou a almofada aveludada. Ela e Christopher tinham coisas em comum e que iam além da mudança de Aurora por causa das perdas. Buscavam em Hope Lake a esperança. O lago da esperança do lado de fora da casa de vidro era um espaço escuro naquele momento. A noite o escondia, mas não significava que ele não estava lá. Assim era a esperança: invisível, mas real. Nesse último ano em Hope Lake, Angélica sorria mais por causa das amizades e da tranquilidade. Mesmo nas noites difíceis, quando pensava no bebê sendo tirado dela no quarto de hospital, os dias seguintes traziam esperança. Se ela ao menos pudesse ter um sinal de que seu filho estava bem. Era sua constante oração.

▢Deixando a almofada de lado, Angélica deparou-se com o olhar preocupado de Christopher. Considerou contar para ele sobre o bebê. Porém, o assunto exigia mais tempo para ser tratado. Não era algo que ela pudesse deixar no ar porque vinha atrelado a outros problemas familiares. "Acho que está na minha hora." Ela fez menção de se levantar, mas Christopher segurou sua mão.

"Angélica." Ele arrastou o corpo para mais perto dela. "Foi uma noite especial. Sei que o motivo da sua viagem a Aurora é por causa da doença da sua mãe, mas não vejo a hora de passar um tempo com você. Só nós dois."

O coração de Angélica disparou. Os raios de *zing* correram pelo seu corpo. O que ele estava dizendo com aquelas palavras? Não estavam sozinhos na sala? Ela sentiu a pressão dos dedos dele em sua mão. Gostou do calor que ele transmitia. Ela suspirou. "Gostei muito da noite também. E obrigada pela carona."

Christopher balançou a cabeça afirmativamente. "Vou levar você em casa."

Eles vestiram os casacos e saíram na noite fria. Angélica tremeu ao deixar o casulo, mas a caminhonete de Christopher era uma extensão do acolhimento. Ela confiava em si para manter uma certa distância segura dele? Porque sentia-se como um poderoso ímã sendo puxado na direção de Christopher.

Capítulo 19

Christopher jogou a chave do carro na gaveta da cozinha cheia de objetos aleatórios. Encostou-se no balcão da pia com as mãos apoiadas no mármore frio. O abraço fraternal que dera em Angélica ao deixá-la na frente de casa tinha deixado efeitos duradouros. Ele ainda sentia o rosto dela no seu, embora o contato tivesse durado menos de cinco segundos. O abraço fraternal tivera um impacto sensual. Era a primeira vez que Christopher abraçava uma mulher que não fosse da família depois da morte de Alice. Quase tinha se esquecido de como um abraço de uma mulher admirável podia mexer com ele. Meia hora antes, ele sentira a mão de Angélica em seus dedos. A pele macia parecia de seda. Ele precisou segurar o pensamento descontrolado que o impelia a imaginar como seria tocar em seus braços, seu rosto. Ele impedira o pensamento de seguir naquele rumo perigoso.

▫Com um suspiro profundo, ele abriu o armário e tirou um copo. Encheu-o de água da jarra e bebeu devagar. Talvez Christopher devesse ter segurado o abraço mais uns minutos. Só um pouquinho. Angélica não oferecera resistência. Se sua percepção estivesse correta, ele diria que ela desejava o mesmo. O corpo dela amolecera no abraço, amoldando-se a ele. Ao se despedir dele, antes de sair da caminhonete, ela o beijara no rosto. Tinha sido um toque rápido, mas o suficiente para esquentar sua pele e o deixar magnetizado. Angélica o atraía como um ímã. Ele a esperou entrar no prédio, sentindo a distância que aumentava entre eles como se fosse uma cratera ameaçadora.

▫Christopher deixou o copo na pia, apagou a luz e foi para o quarto. Enquanto se trocava, pensava na expressão preocupada dela na conversa na sala. Talvez fosse só por causa da doença da mãe, mas Christopher imaginava se algo mais a afetava. Ele nada sabia do seu passado. Não era uma jovenzinha que a vida ainda não tivesse lhe mostrado o lado feio. Ela não mencionara relacionamento amoroso. Por que uma mulher bonita, inteligente e admirável como Angélica estaria sozinha? Claro, poderia ser uma decisão pessoal viver para a profissão. Algumas mulheres faziam isso. Talvez tivesse tido uma experiência ruim com alguém. De qualquer forma, Christopher estava disposto a avançar no relacionamento com ela até que percebesse resistência da parte dela. Saberia que era hora de parar.

Se isso não acontecesse, ele prosseguiria. Saltaria a cratera e a alcançaria. As cinco horas na estrada lhe dariam a oportunidade de conhecê-la melhor.

Fazendo uma ronda na casa, ele apagou as luzes e verificou se as portas e janelas estavam trancadas. Entrou no quarto da filha. O abajur estava aceso, e Natália completamente apagada na cama. Seu braço pendia do colchão. Christopher colocou o braço dela debaixo da coberta. O cabelo longo estava espalhado pelo travesseiro. O coração de Christopher estufou-se de amor. Por ela faria qualquer coisa. Só não conseguira salvar sua mãe.

Ele abaixou-se e beijou o rosto da filha. Ela resmungou e virou-se para o outro lado. Ao virar-se para sair do quarto, Christopher tropeçou em algo. Ele olhou para baixo e viu o diário que tinha lhe dado de presente, aberto em uma página com uma linha escrita. Christopher abaixou-se e o pegou. Antes de fechá-lo, as palavras saltaram da página.

Querido diário, nunca vou entender por que perdi minhas duas mães.

Christopher fechou o diário, o coração palpitando. Aquele questionamento gritava a dor de Natália. Ela perdera Alice. Antes disso, perdera sua mãe biológica. Christopher fechou os olhos úmidos. Não era justo mesmo.

Deus, Natália é muito nova para passar por tanta dor. Não me sinto capaz de compensá-la pelas perdas. O que tenho para ela é o grande amor de pai, mesmo que adotivo.

Faça por ela, Senhor, o que eu jamais poderia fazer. Sua vontade é boa, perfeita e agradável.

Deixando o diário na mesinha de cabeceira, Christopher beijou a filha de novo e apagou o abajur. No seu quarto, ele sentou-se na cama e apoiou a testa nas mãos. O processo de adoção estava lacrado e não havia possibilidade de buscarem informação sobre a mãe biológica, isso se ela estivesse viva. A única coisa que Christopher e Alice ficaram sabendo era que a mulher era jovem e que tinha boa saúde. Até aí muita coisa poderia ter acontecido nesses quase quinze anos. Se estivesse ao alcance de Christopher, ele procuraria a mãe biológica. Alice talvez não achasse uma boa ideia. Tinha sido difícil para ela contar sobre a adoção para Natália quando ela tinha cinco anos. Nos dias seguintes à revelação, Natália fez muitas perguntas sobre a mãe biológica, mas eles não tinham resposta. Com o tempo, a menina foi deixando a curiosidade de lado. Os laços com Christopher e Alice eram muito fortes, e raramente Natália tocava no assunto.

Com as palavras no diário, a questão não estava tão bem resolvida quanto Christopher acreditara. Natália tinha perdido as duas mães. O que lhe restava era o pai adotivo, pois o biológico nunca fizera parte da história do nascimento e da adoção de Natália.

□"O que vai fazer?" Haniel balançou as pernas penduradas na viga do teto do quarto de Christopher.

□Na outra viga, Joy olhava para o homem com a cabeça apoiada nas mãos. "Não tenho um truque para isso. Não é como empurrar alguém na neve. Tudo tem um tempo certo debaixo do sol. Esse tempo ainda não chegou para Natália e Christopher."

□"Você recebeu informação sobre quem é a mãe biológica?" Haniel perguntou.

□Joy olhou para ele. "Recebi, mas não tive ordem de intervir."

□"Quais os próximos passos?" ele perguntou.

□"Continuar protegendo e direcionando Christopher, Natália e Angélica. A prioridade agora é acompanhá-los na viagem a Aurora e na visita à Regina. Muitas coisas precisam ser esclarecidas e perdoadas entre mãe e filha."

□"O perdão é uma virtude difícil de ser exercitada pelos humanos. Pode levar tempo." Haniel pairou no quarto escuro.

□"O perdão não acontece de uma hora para outra, mas deve haver um ponto de partida com a decisão de perdoar. Angélica e Regina precisam dar os primeiros passos." Joy desceu até a cama de Christopher e cobriu sua cabeça com suas asas. "Este aqui também precisa deixar alguns pesos."

□"De que tipo?"

□"De que precisa compensar a falta da mãe na vida da filha. Ele se sente em desvantagem."

⬚Haniel suspirou. "Sua agenda está bem cheia. Vou voltar para Orlando. Ele anda esperando uma visita surpresa do neto. As coisas ainda estão complicadas."

⬚"Bom trabalho," Joy disse.

⬚Haniel saiu pelo teto da casa. Joy retirou as asas e, passando pela parede, foi para o quarto de Natália. O diário estava fechado em cima da mesa de cabeceira. Joy o tinha jogado no chão com a página aberta sobre as mães, a biológica e a adotiva. Era necessário que Christopher lesse o desabafo. As águas precisavam ser chacoalhadas para trazer à tona o que ficou sedimentado no fundo.

Capítulo 20

Os rolos de papel de presente natalinos esperavam para serem desenrolados e embrulharem os livros que formavam cinco grandes pilhas. A livraria vibrava com o trabalho dos voluntários que, entre risadas, goles de café e biscoitinhos de nata, caprichavam na tarefa. Amelie e Viola tinham providenciado uma mesa longa com cadeiras e as arrumado no meio da livraria depois que fecharam a loja. Estela e Geraldo se encarregavam do café e dos biscoitos e bolos para dar energia e animação aos participantes apesar da neve que caía lá fora e que tinha afastado os pedestres das ruas.

Sentada entre Christopher e Natália, Angélica dobrava um papel verde com desenhos de renas douradas ao redor de um livro. "Estou aprimorando a técnica. Agora consigo fazer uma dobradura elaborada."

"Não posso dizer o mesmo dos meus embrulhos," Christopher falou e balançou os dedos, tentando tirar um pedaço de fita adesiva amassada da unha. "Você é artesã."

"Você é arquiteto," Natália falou. A jovem balançou a cabeça, fingindo consternação.

"Sei desenhar, não dobrar." Ele puxou a fita adesiva da unha com os dentes.

"Está embolando tudo, pai."

Angélica riu do diálogo. Amelie terminou mais um embrulho e o colocou na caixa ao lado da mesa.

Viola aproximou-se dos participantes e abriu os braços. "Obrigada a todos por darem do seu tempo. Ano passado, entregamos mais de cinquenta livros. Este ano, queremos chegar a cem."

Os participantes aplaudiram. Entre eles, estavam Marina, irmã de Christopher, e Larissa. Uma das professoras da escola Hope Lake, e o dono da mercearia Hope Lake também ajudavam.

"Se alguém se cansar de comer bolo, tenho uma sopa quente no fogão," Geraldo anunciou.

"E viva a sopa quente," Amelie falou e arrancou palmas e risadas dos amigos.

O clima agradável de companheirismo aquecia a livraria. Angélica terminou de embrulhar outro livro e olhou para Christopher, que refazia uma dobradura. Seu coração encheu-se de carinho. Ele sorriu para ela, provocando-lhe um *zing*. Seus braços se encostaram. Mesmo com o suéter que vestiam, Angélica sentiu a eletricidade que vinha dele.

A porta se abriu, e o marido de Viola entrou. Distinto, usando um sobretudo marrom, ele aproximou-se da mesa e cumprimentou os participantes. Viola enroscou o braço no do marido e o levou para o canto do café.

"Venha, deve estar com frio," ela falou.

Angélica observou o casal de meia-idade. Sabendo da história de Viola, ela confirmava a crença de que milagres eram possíveis. O casamento tinha sido desfeito por causa dos rumos tortuosos que a vida da famosa escritora tinha tomado. Com a mente renovada, Viola resgatou sua dignidade e o casamento. O poder da restauração e do perdão fazia milagres. Era um desses que Angélica precisava. No entanto, antes de qualquer coisa, ela tinha que honrar a mãe com uma visita.

Natália cutucou Angélica e balançou um livro com anjos na capa azul. "Acredita que podemos ver os anjos?"

"Acredito, mas não sei se é uma coisa comum," ela respondeu.

Do outro lado da mesa, Amelie arrastou a lâmina da tesoura na fita de embrulho, que enrolou como uma mola. "Não só acredito, como acho que já vi."

As pessoas olharam para ela. Natália colocou o livro na mesa e passou a mão na capa. "Como foi?"

"Foram duas vezes, com certeza, mas acho que teve uma terceira vez. Na primeira, eu dirigia na estrada escura perto de Hope Lake. Estava chovendo muito. Ouvi uma voz dizendo para eu parar depois da curva. Era o posto de gasolina na entrada da cidade. No banheiro, encontrei uma mulher de cabelo branco como a neve."

Angélica ouvia atenta, apesar de conhecer a história. Veio-lhe à mente a mulher de cabelo branco que ela vira sumindo atrás do gazebo da praça. Imaginação?

"O que aconteceu?" Natália perguntou.

"A mulher sumiu de repente," Amelie falou e puxou o colar de dentro do suéter. Era um pingente de asas de anjo. "Depois tive um encontro com uma mulher parecida no banheiro de um café. Ela me tratou como a primeira mulher. Disse que esperava que a vida me levasse por estradas tranquilas. Cheguei a Hope Lake por uma estrada nada tranquila, mas hoje não posso reclamar." Ela mostrou o pingente para Natália. "Meu marido me deu quando éramos amigos."

Natália pegou no pingente. "Asas de anjos."

Amelie balançou o pingente. "Quando junto as peças, tenho certeza de que as duas aparições foram de anjos. Acho que eles gostam de banheiro." Os voluntários riram.

Natália começou a embrulhar o livro. "Tem outra cópia? Quero ler mais sobre anjos."

"Temos, mas isso é ficção." Amelie apontou para o livro.

"Eu sei, mas parece divertido," Natália falou.

Geraldo entrou pela porta dos fundos com um caldeirão. "Chegou a sopa quentinha."

Estela organizou a distribuição dos pratos descartáveis com sopa. Os elogios começaram assim que, uma a uma, as pessoas provavam a receita de Geraldo. Depois de um tempo, o trabalho recomeçou sem distração. As pilhas de livros embrulhados subiam na caixa. Marina levantou-se e disse que ia embora. Larissa fez um beiço para a mãe e colocou a touca de lã.

"Pode dormir na minha casa?" ela convidou a prima.

Natália olhou para o pai, que consentiu com um movimento da cabeça. Ela o beijou, despediu-se das pessoas e saiu pela porta de vidro, acompanhando a tia e a prima. Angélica notou o olhar preocupado de Christopher.

"Algum problema?" ela sussurrou.

Ele rodou o rolo de fita adesiva nos dedos. "Preciso da intervenção de um anjo."

Angélica esperou, mas ele não elaborou o comentário. Um pai viúvo certamente precisava da ajuda divina.

A professora e o dono da venda saíram em seguida. Sálvio ajudou Estela e Geraldo a levarem as comidas para a casa ao lado, onde o casal idoso morava.

"Só faltam mais cinco livros," Viola disse.

Angélica acelerou o trabalho e ajudou Christopher a finalizar o embrulho dele. Minutos depois, a caixa estava cheia. Amelie levantou-se e alongou os braços e as costas.

"Vamos deixar a caixa no depósito até o dia da entrega," ela falou.

Angélica e Christopher se levantaram.

"Obrigado pelo convite. Gostei de fazer parte, embora eu tenha gastado mais fita adesiva do que precisava." Ele limpou um pedaço de fita da unha.

"É um treinamento para o ano que vem," Viola falou.

As três mulheres riram e logo se despediram. Angélica e Christopher vestiram os casacos e saíram na rua vazia. Uma camada fresca de neve cobria a cidade. Os flocos dançavam ao redor das lâmpadas dos postes. Ele abriu a porta da caminhonete para Angélica, e ela se acomodou. Ele entrou do outro lado e se sentou, ajeitando o cinto de segurança. O carro saiu deslizando pela neve como um trenó. Cinco quarteirões depois, eles paravam na frente do prédio dela. A neve caía suavemente no para-brisa. Christopher virou-se para Angélica.

"Desculpe pelo comentário na livraria, sobre eu precisar de intervenção dos anjos," ele disse.

Ela estudou o rosto dele na penumbra. Uma ruga se formou entre seus olhos. "Imagino que não deva ser fácil."

Ele suspirou. "Natália escreveu umas coisas no diário que me deixaram preocupado. Li sem querer porque o diário estava aberto no chão."

"Não precisa me dizer o que é. Respeito a intimidade dela. E a sua." Ela apertou a mão enluvada dele.

Christopher retirou a mão devagar e tirou a luva. Pegou a mão de Angélica e tirou a dela. Ele correu o polegar pela palma da mão pequena, transmitindo calor e carinho. Seus dedos se enroscaram, e Angélica olhou para o entrelaçar que eles formavam. Encaixavam-se perfeitamente.

☐"Natália sente muito a perda da mãe. Elas eram muito chegadas." Christopher olhou para fora, a testa franzida como se a neve lá fora escondesse pistas para seus problemas. Ele se voltou para Angélica. "Sei que tento compensar a falta da Alice na vida da Natália, mas é impossível."

☐Angélica apertou os dedos dele. O que ela falaria sobre compensar perdas irreparáveis de quem se amava? O amor dela por seu filho ou sua filha só aumentava com o passar dos anos e o amor se expandia na forma de dor no coração. Onde ele ou ela estaria? Aurora? Outro país? Mais próximo do que ela imaginava? Ela suspirou e correu o dedo indicador pelo punho de Christopher. "As pessoas que amamos são insubstituíveis. Nunca haverá outra igual. Sobra saudade. Não sei como preencher o vazio que pertence a alguém único."

☐Os olhares se prenderam. Christopher afastou uma mecha do cabelo de Angélica do rosto. "Você é sábia. Tudo que diz faz sentido, mas não sei como lidar com essa situação da Natália."

☐Angélica poderia dizer a frase feita de que o tempo curava tudo, mas não era verdade. O tempo não curava. Talvez amortecesse em alguns momentos. "Minha sabedoria, se é que a tenho, é limitada. Não tenho resposta."

☐"Eu sei. Não temos mesmo." No carro escuro, iluminado pelo poste do estacionamento do prédio, Christopher levou a mão de Angélica aos lábios. Beijou dedo por dedo.

☐Angélica desejou mergulhar no peito de Christopher, sentir seu cheiro, seu calor. Os raios de *zing* percorriam seu corpo. Nunca experimentara um homem de verdade, apenas o garoto da sua juventude, que acabara em desastre. Como seria mergulhar em Christopher? E o compromisso que ela fizera de não se permitir outro naufrágio no mar dos hormônios? Mas não. Com Christopher a experiência era completamente diferente. Não se tratava só de desejo sensual, mas um desejo de conhecê-lo mais, saber dos seus medos, suas fragilidades e alegrias. Ela resistiu à vontade extrema de enfiar os dedos no cabelo dele. De sentir seus lábios, não só nos dedos.

☐Christopher soltou um leve gemido e liberou a mão dela. "A prudência sussurrou que é hora de você correr para a segurança do seu apartamento." Ele deu um sorriso triste. "Corra antes que eu expulse a Senhora Prudência deste carro."

☐Angélica quis enterrar a Senhora Prudência na neve e congelá-la até a primavera. No entanto, Christopher tinha razão. E ela precisava refletir sobre o pacto que fizera com a castidade, o preço do erro do passado. A complicação maior era reverter o que sentia por Christopher.

□Angélica soltou o cinto de segurança, colocou a luva de volta e segurou na maçaneta. "Meu apartamento não vai me oferecer segurança contra meus pensamentos." Ela abriu a porta, pulou na neve e correu para o prédio com a convicção de que um segundo a mais na presença de Christopher, a prudência se dissolveria como um cubo de gelo em água fervente.

Capítulo 21

Aproveitando a ausência de Natália, que tinha ido dormir na prima, Christopher jogou-se no sofá da sala com a luz apagada. Sentia-se como se tivesse tomado um porre e apanhado de bêbados num *saloon* de velho oeste. Ele tinha sido arremessado pela porta dupla do *saloon* e caído na rua de terra, com os cavalos e carroças ameaçando atropelá-lo. Por muito pouco, ele não tinha coberto Angélica dos mais doces e selvagens beijos. Fora providencial ela ter saltado do carro e corrido dele. O jeito meigo dela era irresistível. Embora ela fosse forte e independente, Christopher desejou abraçá-la e protegê-la de qualquer perigo ou dor. O problema era que ele era um dos perigos.

◻Ele correu os dedos pelo cabelo e apertou a nuca. Como seria essa viagem de cinco horas de carro com ela, sentindo seu perfume discreto, ouvindo sua voz melodiosa? Se ele levasse a prudência mesmo a sério, iria de avião sozinho: bem rápido e indolor. Levantando-se, ele foi para a cozinha, bebeu água e lavou o rosto na pia. Que monstro era? A mulher iria visitar a mãe operada. Não era uma viagem de lazer para um paraíso tropical. Monstro.

☐Christopher enxugou o rosto com o pano de prato. Onde poderia beber uma dose de sobriedade? Angélica. Ele sentira na voz dela, quando falara das pessoas insubstituíveis, um tom de tristeza. Quem ela teria perdido? Ela perdera o pai, mas não era isso. Como Christopher esperava que ela abrisse toda sua vida para ele sem antes se conhecerem melhor? Mais um motivo para ele dominar sua selvageria.

☐Tomando um banho longo e demorado, ele decretou que a conquistaria. Não motivado pelo desejo sensual, mas pelo desejo de tê-la para sempre. Christopher não era um menino. Queria e devia se casar. Por ele, por Natália, pelo seu futuro. Precisava entender Angélica, saber das suas dores e alegrias. Usaria a viagem para isso. Uma viagem com propósito maior e não um passeio romântico sem um fim determinado.

☐Com essa determinação, ele foi para cama. As horas passaram lentamente. Ele ainda estava estirado na rua de chão na frente do *saloon*, os cavalos cavalgando, jogando terra e poeira na sua cara.

Na manhã seguinte, Christopher tomou uma dose reforçada de café para conseguir trabalhar. A vontade era de ver Angélica, mas seus clientes discordariam da ideia. No quarto que arrumara para servir de escritório, Christopher mergulhou nos projetos. A mesa larga estava forrada de folhas com plantas dos novos projetos. Dois computadores e impressoras tomavam outra mesa encostada na parede sob a janela. Christopher olhou para o lago coberto de névoa e gelo fino e pensou que um mergulho ali curaria seu mal, mesmo que temporariamente.

Foi um problema no projeto de Aurora que tirou Christopher do suplício. Ele precisou fazer uma videoconferência com o cliente para resolver várias questões. E o dia seguiu assim até que Natália voltou da escola.

"Pai, cheguei," ela gritou do corredor. "Angélica me chamou para patinar." O rosto vermelho de frio da jovem apareceu na porta do escritório. "Ela ainda está de folga."

"Certo." Ele bateu a caneta na mesa. Deveria sugerir de Angélica jantar com eles? A prudência alertou que não. "Quer que eu te leve?"

"Ela vem me buscar em uma hora." Natália sumiu no corredor.

Christopher ficaria bem quietinho no escritório. Fácil falar quando Natália anunciou que Angélica a esperava lá fora na hora seguinte. Ele apertou a testa e jogou a caneta na mesa.

"Vem falar com ela?" Natália vestia o casaco quando apareceu à porta.

Ele apontou para o computador. "Estou no meio de um negócio."

Natália entrou e examinou o rosto do pai. "Está acontecendo alguma coisa? Seu rosto está vermelho." O semblante dela mostrava preocupação.

Christopher levou a mão ao rosto. "Uma gripe?"

Natália se afastou. "Não passe para mim. Se cuida. Toma chá que melhora." Ela acenou e saiu.

Ele ouviu a porta fechar. Talvez estivesse ficando doente mesmo. Uma boa explicação para sua agitação.

A noite caiu lá fora, escondendo o lago e as árvores sem folhas. Os dias curtos e noites longas de inverno promoviam a melancolia. Christopher deu mais alguns telefonemas e seguiu a sugestão da filha. Foi para a cozinha, comeu um lanche e preparou um chá. Sua garganta, na verdade, estava irritada. Ele acendeu a lareira, sentou-se no sofá e bebeu o chá, assistindo às sombras da escuridão sobre o lago. Quando terminou a bebida quente, ele deitou a cabeça no encosto e puxou uma manta do balaio. Cochilou. Acordou com calafrio e olhou para a lareira. Ela estava acesa. A garganta de Christopher ardia mais. O celular vibrou. Ele o pegou da mesa de centro. A foto da filha aparecia no visor.

"Pai, posso chamar Angélica para jantar com a gente?"

O que ele temia estava para acontecer. "Onde ela está? Ao seu lado?"

"Não. Estamos no café. Ela está no banheiro."

"Acho que estou ficando gripado."

"Ah, vou falar com ela. Beijo."

A ligação foi cortada. O que a filha queria dizer com a última frase? Ela traria Angélica ou não? Angélica aceitaria ou não? Christopher cochilou de novo. Acordou com o barulho da porta abrindo.

"Pai, a Angélica está aqui."

O arrepio cobriu o corpo de Christopher. Que Deus lhe desse um vírus poderoso para derrubá-lo. Ele apertou a manta ao redor do pescoço. Natália acendeu a luz da sala e correu até ele.

"Pai, tudo bem? Você está péssimo." Ela apoiou o joelho ao lado dele no sofá.

Angélica entrou, segurando duas sacolas. "Christopher, o que está acontecendo?" Ela deixou as sacolas na mesa de centro e se aproximou. Sentou-se e levou a mão à testa dele. "Está quente. Tem termômetro em casa?"

"No banheiro," Natália disse. "Vou buscar." Ela saiu apressada.

Angélica correu os dedos pelo cabelo dele. Ela viera ao seu socorro para tirá-lo da rua de chão na frente do *saloon*. Sua mente embaralhava alucinação e realidade. O rosto dela à sua frente era angelical. Angélica.

Natália voltou com o termômetro e o entregou à enfermeira. Devagar, Angélica puxou a manta e manobrou o termômetro por dentro do suéter de Christopher. Ela segurou o pulso dele.

"Os batimentos estão um pouco acelerados," Angélica disse.

De fato, ele pensou. Como o pulso não estaria a galope com ela tão perto? O termômetro apitou, e ela o retirou.

"Está febril." Ela deixou o termômetro na mesinha. "Está com dor no corpo?"

Ele virou-se para ela. "Um pouco."

"Quer um comprimido?" Natália perguntou.

"Pode trazer," Angélica respondeu.

A jovem voltou para o corredor.

Angélica arrumou as almofadas no canto do sofá. "Deite-se aqui." Ela o puxou pelo braço, e ele se acomodou. Ela o cobriu com a manta. "Trouxe sopa quente do Geraldo." Levantando-se, ela pegou as sacolas. "Vai fazer bem tomar um pouco. Já volto."

Christopher a seguiu com o olhar, enquanto ela sumia na cozinha. Ouviu o barulho de gavetas sendo abertas, louça e talheres. Ele relaxou nas almofadas. Desde a morte de Alice, ele não não era cuidado. Natália fazia o possível, mas era jovem e desligada dessas coisas. Como pai, Christopher era provedor, cuidador, administrador da casa e das coisas da filha.

Natália voltou com um frasco de analgésico e um copo de água. "Viu como foi bom a Angélica vir?" Ela ajoelhou-se e deitou a cabeça no ombro do pai. "Fique bom."

Christopher sentiu a apreensão na voz da filha. Um dos motivos de nunca ter desanimado ou demonstrado fraqueza era justamente para não amedrontar Natália. Ele acariciou o cabelo dela, que caía pela manta. "Vou ficar bem. É só uma gripe. Estou aqui do seu lado."

Angélica chegou com uma bandeja e o prato de sopa. "A sopa do Geraldo é famosa."

Natália levantou-se e ajudou Angélica a colocar a bandeja no colo de Cristopher.

"Estou me sentindo paparicado." Ele pegou a colher.

"Cuidado faz bem à saúde." Angélica sorriu e se sentou na poltrona.

Natália sentou-se aos pés do pai. "Vamos cuidar de você. Vai ficar bonzinho."

Christopher ouviu o tom de apreensão nas palavras de ânimo da filha. Forçou um sorriso para ela. Depois sorveu a sopa da colher e olhou para Angélica. "É sua folga."

"Não temos folga das amizades." O olhar dela se prendeu no dele.

Natália deu um abraço desajeitado no pai, cuidando para não derrubar a bandeja. "Eu vou comer na cozinha." Ela deu uns passos e parou. Pareceu avaliar a situação do pai. Logo foi para a cozinha.

"Obrigado." Christopher tomou mais um pouco da sopa. Depois deixou a colher na bandeja. "Somos amigos?"

Ela inclinou a cabeça. "Não?"

Ele estudou a mulher de cabelo encaracolado e suéter rosa. "Vou culpar a febre pelo que vou falar. Gostaria que fosse mais."

Angélica entrelaçou os dedos e os apertou. Ela olhou na direção da cozinha. O barulho da porta do micro-ondas chegou à sala. "Tenho um passado."

Christopher desencostou-se dos travesseiros, deixou a bandeja na mesa de centro e jogou os pés para fora do sofá, sentando-se ereto. "Quero ouvir."

Ela olhou de volta para a cozinha. "Temos cinco horas de viagem no fim da próxima semana."

"Entendo. Esse passado elimina nossa amizade ou a possibilidade de relacionamento além?" Christopher sentiu a cabeça pesada.

Angélica soltou o peso dos ombros e olhou para as mãos no colo. "Não sei o que vai achar."

O que ela teria de tão terrível que o afastasse dela? Ele cogitou várias possibilidades. Tráfico humano, prostituição, abuso. Em todas elas, Christopher confirmava seu desejo de aprofundar o relacionamento, a não ser que, da parte dela, o passado fosse um empecilho. Ele queria que o tempo passasse rápido. Nada de ir de avião para evitar o contato com Angélica.

"Não vejo a hora de passar essas horas com você," ele disse.

Capítulo 22

A febre parecia ter passado para Angélica. Ela chegou
em casa tremendo. Jogou a bolsa no sofá e foi para a
cozinha. O que era aquilo que Christopher tinha lhe
dito sobre serem mais que amigos? E que ele desejava
passar as horas da viagem com ela? Essas horas seriam
cruciais já que ela precisaria abrir sobre seu passado. O
que ele acharia? Nunca falara sobre isso com ninguém, a
não ser com Amelie e Viola. Quem do seu passado sabia
era por razões óbvias. Os vizinhos fofocaram, as colegas
se afastaram, a igreja a acusara. Angélica duvidava que
Christopher apontasse o dedo para ela, mas ele poderia
se afastar. E se ele quisesse proteger Natália de seguir
o mesmo exemplo caso ela soubesse do comportamento
reprovável de Angélica? Afinal, a jovem sentia admiração
por ela. Horas antes, na pista de patinação, as duas fizeram
piruetas, rodaram e cantaram. Angélica tinha achado
impressionante a facilidade de Natália em aprender os

movimentos da patinação que ela lhe ensinara. Como Angélica poderia decepcioná-la com sua história?

Irritada, ela se arrumou para dormir e se enfiou debaixo das cobertas. Os tremores continuaram. Sentia-se em uma montanha-russa quando o carrinho chegava ao topo e parava uns segundos antes de despencar. Suas analogias de parque de diversão não eram nada divertidas. Ela virou-se de um lado, depois para o outro. O tempo passava. Ela se virou de novo. O plantão se aproximava. Seriam doze horas de trabalho sentindo-se um zumbi e ainda mais com os pensamentos acionados para irem em uma direção: Christopher.

E foi exatamente assim que Angélica se sentiu no dia seguinte e nos próximos. Os plantões eram intermináveis, e a vontade de ver Christopher, irresistível. Ele piorara da gripe e tomava antibiótico. Angélica não tinha tempo nem coragem de visitá-lo por medo de abrir sua história fora de hora. O cansaço não a permitia planejar como contaria para ele. Precisava se preparar para receber o distanciamento dele.

No fim de semana, eles trocaram mensagens, mas ela evitou marcar de vê-lo. Natália tinha provas antes do feriado de fim de ano e não entrou em contato com Angélica. A semana começou, e Angélica desviou sua atenção para a mãe e a recuperação da cirurgia. Tudo tinha corrido bem e, conforme os médicos previram, só tiraram uma parte da tireoide. O resulto foi animador, e o especialista dissera que não havia necessidade de fazer tratamento com iodo radioativo. Angélica ligara várias vezes para a mãe, que lhe garantiu que estava bem, embora com um pouco de inchaço na área do corte no pescoço.

Angélica chegava cansada em casa, mas distraía sua mente com visitas ao Sr. Orlando. Ele também tinha ficado gripado, e a enfermeira fez um caldeirão de sopa para ele e congelou as porções em potinhos. Ela cuidou dos medicamentos até que a febre cedesse. Na quarta-feira, ele estava de pé.

"Obrigado por cuidar de mim," ele disse, sentado na poltrona do seu apartamento. "Nessas horas que vejo como é difícil envelhecer sozinho."

"E seu neto?" Angélica passava um pano úmido no chão da sala.

"Ele quer passar aqui perto do Natal." Sr. Orlando tossiu. "Quando viaja para ver sua mãe?"

Ela apoiou as mãos no cabo da vassoura. "Sexta."

"E vai com seu amigo."

"Christopher."

Sr. Orlando limpou o nariz com o lenço de papel. "Uma pessoa especial?"

Ela passou o pano no chão de um lado para o outro de forma distraída. "Não sei."

"Gostaria que fosse?"

Angélica sentou-se no braço do sofá. "Acho que sim."

"Por que a preocupação?"

Ela suspirou. "Não tenho uma história muito simples no passado."

Ele balançou a cabeça em entendimento. "Não sei qual é a sua, mas o verdadeiro amor cobre tudo isso."

"Não quero mascarar."

"Eu não disse encobre. Cobre. É diferente. Encobrir é mascarar. Cobrir é proteger o outro. Assim como a galinha cobre os pintinhos com as asas."

Angélica gostou da analogia. "Não conheço Christopher o suficiente para ter certeza. Nós nos conhecemos há pouco tempo."

Sr. Orlando sorriu. "Não acho que você erre no seu julgamento dele."

"Que conselhos o senhor me daria?"

"Se almeja ter um relacionamento com ele, abra-se. A tendência das pessoas é fazerem o contrário: se fecharem para camuflar o lado negativo. Há uma pessoa em nós que vive nas sombras. É o velho homem, que insiste em ressurgir. No relacionamento saudável, temos que mostrar essas sombras. É um risco? Sim. Porém, risco maior é deixar as sombras aparecerem depois do casamento. É melhor jogar luz nelas antes que os laços se estreitem. O amor lança fora o medo. E se ele rejeitar sua história, significa que rejeitou você. Ele seria um homem pequeno se o fizesse, e você merece um homem grande."

Angélica ponderou sobre a complexidade do conselho do Sr. Orlando. Ela agradeceu. Ainda refletindo, ela foi para a área de lavanderia e guardou os produtos de limpeza no armário. Enquanto lavava a mão na pia, ela pensou sobre suas sombras. Angélica tinha muitas sombras. Jogar luz sobre elas a machucaria, pois seria obrigada a reviver os passos errados e as consequências. Christopher desejaria carregar mais problemas sendo que tinha o luto e o cuidado com Natália?

Ela voltou para a sala, medicou o vizinho, despediu-se e voltou para seu apartamento. O celular estava em cima da mesa da cozinha com duas ligações perdidas de Christopher. Angélica suspirou e ligou para ele.

"Angélica, estou em falta com você," ele disse, a voz ainda um pouco rouca da gripe.

"Os plantões me cansaram esta semana. Eu que estou em falta." Fuga era a palavra correta.

"Tudo certo para sexta?"

"Tudo. A que horas passa aqui?"

"Seis, pode ser?"

Ela confirmou. Trocaram algumas palavras sobre Natália e desligaram.

Na quinta, Angélica arrumou a maleta depois do trabalho e ligou para a mãe, confirmando o horário de chegada. Ela despediu-se do Sr. Orlando, que preparava o jantar, já mais disposto.

"Vai ser uma boa viagem," ele disse.

"Espero."

De volta ao apartamento, ela fechou a bolsinha de produtos de higiene, trocou-se para dormir e deitou-se. Leu a mensagem de Christopher, dizendo que contava as horas para passar um tempo com ela.

Angélica dormiu angustiada. Suas sombras seriam expostas.

Joy sobrevoou o quarto de Angélica. Não tinha recebido ordem de intervir na viagem, fora em situação de emergência. Ela acompanharia o casal, enquanto Haniel cuidaria de Natália na ausência de Joy. Ela entendia a batalha que ocorria na mente de Angélica. Por um lado, a enfermeira queria se livrar dos pesos e das sombras. Por outro, ela tinha receio de afastar Christopher e Natália. Pessoas como Angélica queriam fazer o certo, mas duvidavam da capacidade de lidar com os conflitos resultantes das atitudes corretas. Joy, porém, cuidaria para que espíritos malignos não usassem a fragilidade de Angélica para colocar armadilhas no caminho. Joy sussurraria no ouvido dela e Christopher palavras da verdade.

Quando Angélica dormiu, Joy passou pela janela fechada e voou até a casa de vidro. Christopher estava sozinho, estirado no sofá com a luz apagada. A filha tinha ido para a casa da prima, acompanhada de Haniel. Joy circundou Christopher com suas asas como um grande abraço. Ele relaxou. Ela sussurrou palavras de ânimo no seu ouvido. Christopher levantou-se e alongou os braços. Joy o acompanhou até que ele se deitasse no quarto.

Joy passou a noite visitando Angélica e Christopher alternadamente. Precisavam estar descansados para a grande viagem.

Capítulo 23

As manhãs preguiçosas de início de inverno não começavam antes das oito e meia. Na saída de Hope Lake, a caminhonete de Christopher tomou velocidade, levando os dois passageiros na viagem para Aurora. O farol cortava a escuridão, e o aquecedor do automóvel barrava o frio do lado de fora. Angélica segurava o saquinho de papel que Christopher tinha lhe entregado com um sanduíche quente de café da manhã que ele comprara no Café Hope Lake antes de pegá-la em casa. Ela duvidava que seu estômago aceitasse a comida.

Angélica e Christopher tinham se cumprimentado à porta do prédio com tal constrangimento que, ao tentar abraçá-la, ele pisou no pé da enfermeira. Eles pareciam ter tido um retrocesso etário e voltaram à adolescência. Christopher lhe pedira desculpa, mas a garganta de Angélica estava seca demais para responder. Ela segurou a lapela do casaco creme e a apertou no pescoço, quase se sufocando. Ao entrarem no carro, Christopher tirara o cachecol amarelo e o jogara no banco traseiro. Eles tinham feito alguns comentários vagos sobre o tempo e se calaram.

A caminhonete seguiu pela estrada sinuosa, deixando Angélica zonza. Ela precisava comer, mas não conseguiria um acordo com o estômago. Quando a estrada ficou mais reta, ela bebeu o café do copo descartável que estava no console entre os dois bancos. A espuma quente acalmou a garganta e enganou a fome por um instante.

Christopher soltou um suspiro angustiado. Ele agarrou o volante e olhou de relance para Angélica. "Sou só eu que me sinto inibido?"

Ela estudou o rosto dele na escuridão do carro e apertou o saquinho de papel. "Somos dois."

"Acho que falei coisas que não devia ter falado naquele dia na porta do seu apartamento."

Angélica lembrou-se do comentário dele sobre a prudência e que ela deveria procurar a proteção do seu apartamento. A atração era inegável. Continuava inegável. "Fez bem em nos lembrar da prudência."

O trecho da estrada que acabavam de pegar foi se elevando. No horizonte, o sol nascia, colorindo o céu de alaranjado.

"Você é surpreendente," ele disse, mantendo os olhos na estrada. "Age com prudência."

Ela olhou para a janela ao seu lado. A paisagem coberta de neve passava como um filme. "Quis enterrar a prudência na neve naquela noite." Angélica segurou a lapela do casaco. Encostou a testa no vidro frio. Retesou o corpo quando sentiu a mão dele apertar seu braço. Como sobreviveria a cinco horas de viagem com Christopher?

"Como vamos resolver isso? Está me torturando." A voz dele falhou no meio da declaração.

Angélica largou o saquinho no console e olhou para ele. Sua respiração entrecortada prendia as palavras na garganta. Ela engoliu a saliva na esperança de lubrificá-la. "Preciso lhe dizer uma coisa."

"Qualquer coisa. Não me importo com seu passado." Ele limpou um pigarro. "Não que não me importe. Estou me expressando mal. Quero dizer que nada vai me fazer ter uma opinião diferente de você." Ele soltou a mão do braço dela.

Angélica suspirou e encostou a cabeça no banco macio e quente. "Quando eu tinha dezessete anos, me envolvi com um namorado. Engravidei." Ela olhou de relance para Christopher. "Minha mãe ficou horrorizada. Atormentou meu pai até convencê-lo de que a melhor coisa a fazer era dar o bebê em adoção." As cenas voltaram à mente. Sua mãe gritando, seu pai tentando acalmar esposa e filha. "Passei nove meses de verdadeiro terror. O bebê crescia, e eu o sentia chutar, soluçar. Sentia a vida no meu ventre. Orei para que ele ficasse comigo. No dia do parto, minha mãe já tinha uma papelada pronta para eu assinar, apesar de menor de idade. Na dor, eu não tive forças para defender meu filho." Ela enxugou os olhos com os dedos.

Christopher diminuiu a velocidade da caminhonete. Vez ou outra ele olhava para ela. "Sinto muito, Angélica. Nem imagino como se sentiu."

"No hospital, eu implorei à enfermeira que não deixasse tirarem meu bebê. Ela tentou me consolar, mas eu sabia que eticamente ela não podia fazer nada. O parto acabou. O bebê chorou. Logo, a sala de parto ficou em silêncio. Colocaram soro e sedativo em mim. Eu dormi. Quando acordei, a enfermeira me entregou um papel com a impressão dos pés do meu bebê. A única coisa que tenho dele. Eu pedi a ela que escondesse o papel na minha bolsa." Ela soluçou, as mãos apertando o rosto.

Christopher ligou a seta e desviou a caminhonete para uma área de descanso na beira da estrada. Parou em uma das cinco vagas do estacionamento vazio, à beira de um rio. Ele soltou o cinto de segurança e virou o corpo na direção de Angélica, envolvendo-a com os braços. Ela deixou a testa no ombro dele, sentindo a maciez do casaco de lã. As lágrimas contidas romperam a comporta e se derramaram livremente. Ela chorou por um tempo, até que as lágrimas se esgotaram. Christopher acariciou o cabelo dela, sussurrando palavras de consolo. Ela agarrou-se a ele, o rosto enfiado no pescoço dele. Como era bom aquele lugar aconchegante! Como era bom receber o acolhimento dele em forma de abraço. Abraço que valia mais que mil palavras. Quanto desejara aquilo!

Ele a afastou e suas mãos envolveram o rosto dela. Devagar, ele desceu os lábios, colando-os ao de Angélica. Ela sentiu-se desmanchar como manteiga na frigideira quente. Mergulhou no carinho de Christopher, que explorava sua boca sem reservas. Angélica puxou-o mais para perto, como se fosse possível maior proximidade. Seus dedos correram alucinadamente pelo cabelo dele, desejando esquadrinhar cada milímetro da sua cabeça. Eram dois famintos na beira da estrada, sem a prudência para controlá-los. Christopher soltou o cinto de segurança dela e a puxou mais para si. Desceu os lábios pelo queixo e pescoço dela.

"Você me enlouquece, Angélica," ele sussurrou entre os beijos.

"Christopher..." As palavras morreram em sua garganta, engolidas pelos beijos dele. Seu coração alucinado batia em todas as cavidades do seu corpo, latejava sua cabeça. Era um incêndio na selva seca, um oásis no meio do deserto. Queria gritar o nome dele, mas Angélica estava bamba demais para emitir sons que não fossem de prazer.

No redemoinho de desejo que rompera a barragem do reservatório, Angélica sentiu-se afogar. Instante depois, ela deu um pulo, com uma quentura insuportável na perna. Afastando-se de Christopher, ela viu o desastre do copo de café esparramando o líquido quente na calça preta.

Atordoado, Christopher olhou para ela. "O que foi? Angélica?" Ele olhava para ela com olhos vidrados, o cabelo emaranhado e os lábios vermelhos.

"O café." Ela apontou para a perna.

Finalmente ele saiu do transe e olhou para a lambança no console e na perna de Angélica. Abriu o porta-luvas e tirou uma caixa de lenço de papel. Angélica puxou um bolo de lenços e esfregou-o na perna, que latejava. Tentou limpar o console e o banco, mas Christopher segurou na mão dela.

"Vamos parar num posto de gasolina," ele disse e afivelou o cinto.

A caminhonete voltou para a estrada. Angélica olhou para o cabelo desalinhado dele, e seu rosto esquentou. Se não fosse o café, o café providencial, o que seria dela? Seu autocontrole era mais ineficaz do que água no tanque de gasolina de um carro.

Christopher mantinha o olhar fixo na estrada, as mãos agarradas ao volante. O sol nascia, dissipando a escuridão. Eles viajaram vinte minutos em silêncio até que chegaram a um posto. Ele parou o carro ao lado do banheiro, e Angélica pulou para fora, fechando a porta em seguida. Suas pernas mal conseguiam transportá-la.

No banheiro, ela olhou-se no espelho. Seu rosto estava vermelho como se tivesse tomado sol ao meio-dia. O cabelo parecia um novelo de lã destruído por gatos. Ela puxou folhas de papel do suporte na parede e limpou a perna da calça. Depois lavou o rosto e arrumou o cabelo em um rabo de cavalo. Se em quarenta minutos de viagem ela e Christopher tinham perdido o autocontrole, o que seria das outras quatro horas e vinte minutos? Talvez ela devesse ir andando para distrair seu corpo da atração intensa.

Quando Angélica saiu do banheiro, Christopher a esperava no carro, o cabelo já arrumado e o console limpo. Ela afivelou o cinto e olhou para frente. Um caminhão saía do posto e pegava a estrada. E se ela pegasse carona?

"Angélica."

Ela olhou para ele, que tinha o semblante pesado como se tivesse cometido o crime do século.

"Eu me sinto um monstro. Você me contando do seu bebê, chorando. Eu me aproveitei da sua fragilidade. Perdão, perdão, perdão."

As lágrimas ameaçaram voltar. "Não peça perdão. Quis tanto quanto você."

Christopher esfregou os olhos. "Não fale assim." Ele olhou para ela. "Você é minha passageira, e vou levá-la em segurança a Aurora."

A caminhonete voltou para a estrada. Eles viajaram a próxima meia hora em silêncio. Passaram por um vilarejo e seguiram em frente. Um trecho em construção obrigou Christopher a diminuir a velocidade. *Nada sem obstáculos; nada em linha reta*, Angélica pensou.

"Sobre seu bebê," Christopher saiu do desvio, e a estrada de asfalto novo ficou mais larga. Ele pisou no acelerador, "não existe nenhuma possibilidade de rastrear os pais adotivos? Sua mãe não sabe de nada mesmo?"

Ela olhou de relance para ele e de volta à paisagem à frente. O quanto, de fato, sua mãe sabia? Ela dizia que nada, mas a dúvida sempre atormentara Angélica. "Não tenho nenhuma pista a não ser que o casal era jovem na época. Sobre minha mãe, ela sempre negou qualquer conhecimento do paradeiro do meu filho."

"Imagino que tenha esperança," ele disse.

Nos momentos de lucidez, ela não tinha qualquer esperança. Nos sonhos, ela encontrava seu filho ou sua filha de maneiras surpreendentes. "Tento me convencer de que não."

No meio da viagem, eles pararam para lanchar. Pareciam terem entrado em um acordo de gastar mais tempo em silêncio.

A placa de Aurora surgiu horas depois. Angélica finalmente relaxou a musculatura tensa. Christopher cumprira o prometido de a levar em segurança para Aurora. Porém, as horas não tinham apagado da memória e da pele os beijos e carícias de Christopher.

Na entrada da cidade, eles passaram por um hospital.

"Foi nesse hospital," Angélica disse, mais para si do que para Christopher.

"Em que data?"

"Dia de Natal, há quase quinze anos." Ela olhou para ele e achou estranha a expressão dele, com a testa franzida e os olhos apertados. "Algum problema?"

Ele acelerou, passando o sinal quando mudava de amarelo para vermelho. "Nenhum."

Ao deixar Angélica à porta da casa da mãe, ele disse que estava atrasado para o compromisso com o cliente e saiu em seguida, mal se despedindo.

Angélica puxou a mala para o portão de casa, o olhar fixo na caminhonete até que ela sumiu ao dobrar a esquina.

Capítulo 24

Joy seguiu Angélica até a varanda do casarão de dois andares. A enfermeira chegara intacta à casa da mãe. O mérito não tinha sido todo de Christopher, mas do café entornado na perna dela com a ajuda da asa de Joy. Sentada no banco de trás da caminhonete, ela assistiu à cena romântica entre os dois com grande preocupação. Era bem verdade que a própria Joy tinha dado seus empurrões para os dois se conhecerem melhor, mas aquilo tinha ido um pouco longe demais. Porém, a preocupação maior de Joy não tinha sido com a falta de controle de Angélica e Christopher. Conhecendo um e outro, se não fosse o café entornado, eles teriam arrumado um jeito de dar pausa na troca de carinho. Sua preocupação tinha sido com a atitude de Christopher ao largar Angélica no portão da casa da mãe sem dar uma explicação para a mudança de humor.

O hospital trazia lembranças para os dois. Nascimento e morte.

Joy passou na frente de Angélica e entrou na casa pela porta fechada. Esperou a mulher tocar a campainha. Uma senhora de cabelo curto grisalho desceu a escada larga e abriu a porta.

"Tia Silvia." Angélica deixou a mala na entrada.

"Angélica, estávamos esperando você. Entre. Fez boa viagem?" A tia pegou a mala e a puxou para dentro.

Tirando seu comportamento deplorável e a mudança repentina de comportamento de Christopher, poderia dizer que sim. "Fiz." Ela tirou o casaco e o pendurou no armário da entrada. Seguiu a tia para o segundo andar, as memórias inundando a cabeça e a alma. Passou pela porta fechada do seu antigo quarto.

Silvia colocou a mala ao lado da porta e continuou pelo corredor. "Sua mãe acabou de tomar banho."

"Como ela está hoje?"

"Bem. Tudo cicatrizando direitinho."

As duas entraram no quarto de mobílias pesadas e elaboradas. A cortina grossa estava semiaberta e mostrava o grande quintal e a piscina coberta com uma lona azul.

Regina saiu do banheiro. O roupão brocado escondia a repentina magreza. O cabelo permanecia em perfeito estado como se um cabelereiro tivesse acabado de arrumá-lo. Sua mãe não perdia a pose nem na saúde, nem na doença. Porém, a cicatriz entre o pescoço e o colo mostrava a seriedade da situação.

"Mãe." Angélica aproximou-se e a abraçou de uma forma meio desengonçada. Não tinha muita prática para abraçar a mãe, que retribuiu o abraço na mesma medida.

"Boa viagem?" Regina perguntou.

"Boa."

Regina sentou-se na beira da cama com a pilha de travesseiros encostada na cabeceira alta. "Parou o carro na rua?"

Angélica não tinha como escapar da explicação. Não falara para a mãe sobre a carona com Christopher. "Não vim no meu carro."

Regina arqueou a sobrancelha bem-feita. "Veio de ônibus? Meio desconfortável, não acha? Aquelas pessoas transitando no corredor com malas, crianças chorando, cheiro de azedo e tudo."

Silvia pegou um frasco de remédio e o copo da bandeja e os passou para Regina. "Hora do antibiótico."

"Vim de carona." Angélica só não riu da cara de espanto da mãe porque o nervoso de ter que explicar sobre Christopher espalhava-se pelo seu corpo. Era como se ela tivesse revelado para a mãe que tinha viajado com a caravana de um circo do interior.

"Pediu carona? Sabe dos bandidos que andam por aí pegando mulheres na estrada. Que ideia foi essa?" Ela colocou o comprimido na língua e bebeu água.

Angélica olhou para a tia, como se pedisse socorro. A irmã também sempre foi vítima dos interrogatórios de Regina.

"Certeza de que Angélica não pediu carona para qualquer tarado na estrada," Silvia disse e começou a afofar os travesseiros da irmã. "Deite-se. O médico disse..."

"O médico não sabe de nada. Não sou uma galinha sem cabeça correndo no quintal." Regina soltou uma baforada de ar pela boca e se recostou nos travesseiros.

"Bom saber que está bem, mãe." Angélica entrelaçou os dedos com força. "Vou tomar um banho e podemos conversar mais." Ela virou-se para escapulir do quarto, ambiente que sempre a intimidara, principalmente depois da morte do pai.

"E sobre sua carona? Com quem veio?"

Angélica virou-se para a mãe. Impossível escapar. "Um amigo de Hope Lake que veio ver um cliente."

"Médico?" Ela deu um meio sorriso.

"Não. Arquiteto." Angélica sentiu a irritação crescendo. A mãe só concordara com a decisão dela de fazer enfermagem por causa da possibilidade de casamento com um médico. Mais uma vez, a filha desapontava a mãe com escolhas erradas.

Regina parecia considerar o valor da informação. "Uma profissão interessante. Já foi melhor. Agora, com essas casas que mais parecem clínica de raio X, não sei bem o que aprendem na faculdade. Devem fazer as maquetes com caixas de sapato."

Angélica imaginou o que a mãe acharia da casa no lago. Pelo menos, o comentário dela tinha sido sobre os méritos da arquitetura e não sobre o arquiteto. "Verdade." Ela virou-se e suspirou aliviada quando saiu do quarto.

Tia Silvia foi atrás dela. "Se você esperava que sua mãe melhoraria depois da cirurgia, enganou-se."

Angélica olhou para a tia com olhos arregalados. "Não tiraram o câncer todo?"

"O da tireoide, sim. O da alma, não." Ela piscou para Angélica, que sorriu.

"Não sei se esse tem cura," ela disse.

"Venha." Silvia abriu a porta do antigo quarto de Angélica.

"Está diferente." Os móveis eram os mesmos, mas a decoração tinha mudado. Desde a infância até sair de casa, Angélica decorava o quarto com peças que ela fazia. As almofadas de crochê tinham sumido e dado lugar às brocadas. A cômoda que ela pintara de branco, agora era marrom. Regina colocara suas impressões digitais no quarto. Era uma imitação do seu. "Por que isso?"

Silvia colocou a mala em cima de um suporte de madeira escura. "Talvez ela quisesse se esquecer de tudo."

Angélica olhou para a tia de rosto visitado pelo tempo. "Esquecer-se de mim."

"Conhece sua mãe: tudo tem que ser do jeito dela."

Angélica deu um giro no quarto. "Sempre." Ela aproximou-se da tia e falou em voz baixa, "Acha que ela esconde coisas de mim?"

"Do bebê?"

"Sim."

"Não temos como saber. Achei que ela amoleceria com a cirurgia. Durou o tempo da recuperação da anestesia." Silvia pegou na mão de Angélica e lhe deu uns tapinhas. "Você vai ficar aqui por dois dias. Não caia nas ciladas dela."

"Depois desses anos todos, ainda caio."

Silvia balançou a cabeça de forma afirmativa. "Tente." Ela saiu do quarto e fechou a porta.

Angélica sentou-se na cama e fechou os olhos. Quase podia ouvir as acusações da mãe dos anos que vivera sob aquele teto.

O celular dela virou no bolso da calça. Angélica pegou o aparelho e leu a mensagem de Christopher.

Quantas vezes vou me recriminar? Larguei você à porta sem mal me despedir. Perdão. Espero que a visita à sua mãe seja boa. Espero que nossa viagem de volta seja menos intensa.

Angélica releu a mensagem. Pensou em várias respostas, mas nenhuma fazia sentido. Ela foi para o banheiro, tomou um banho demorado e vestiu *jeans* e moletom. Sua mãe certamente comentaria da falta de classe da filha, mas Angélica não estava com espírito de agradar à mãe com sua vestimenta. Além do mais, ela precisava de conforto para revirar algumas caixas no depósito do porão depois do jantar.

Capítulo 25

A curiosidade de Regina sobre o arquiteto que dera carona para a filha foi esquecida e apontou em outra direção. Sentadas à mesa longa com uma toalha acetinada cor de ouro velho, as três mulheres serviam-se das travessas de comida com uma quantidade suficiente para o dobro de pessoas. Angélica colocou uma colher de batatas assadas no prato e olhou para a pequena porção no prato da mãe. Certamente Regina aproveitava a falta de apetite pós cirurgia para perder uns quilos. Ela nunca achava que estava no peso ideal, segundo ela, para que as roupas não ficassem agarradas na capa de gordura, coisa que a mãe nunca tivera. Silvia, por outro lado, encheu o prato de lombo de porco com rodelas de abacaxi. A birra da mãe era que a irmã comia de tudo e não engordava. Na opinião de Angélica, se a mãe ganhava algum peso, era de retenção de líquido por causa das inflamações geradas pelo estresse.

"Como anda o trabalho?" Regina perguntou, o olhar sobrevoando a montanha de comida no prato da irmã. "Alguma promoção?"

Se Angélica esperava uma refeição tranquila, estava enganada. Apesar de a vida abastada da família ser pelo fruto do trabalho árduo do pai, que subira na hierarquia da companhia de seguros ao longo de anos, Regina gostava de receber louvores. Segundo ela, se não fosse pela sua boa administração da casa e dos bens da família, a situação não seria igual. A implicância com a irmã, que se acomodara em um emprego público, crescia conforme o tempo passava. Silvia permanecia no mesmo cargo "carimbando papel", como dizia Regina.

"Estou mais para me aposentar do que receber uma promoção." Silvia cortou um pedaço do lombo e o levou à boca, mastigando com gosto como se aquela fosse sua última refeição da vida.

"Já que você nunca se casou, devia ter investido mais na carreira," Regina disse, recostada na cadeira de madeira trabalhada.

"Mãe, deixe a tia. Quantas vezes precisa voltar a esse assunto?" Angélica preparou-se para o ataque. Quem poderia opor-se à Regina? Porém, alguém precisava barrar os ataques gratuitos da mãe.

"Não vou pedir dinheiro a você, se essa é a preocupação." Silvia cortou outro pedaço da carne.

Angélica sempre se surpreendia com a paciência e graça da tia. Quando sua mãe mostraria gratidão por tudo que a irmã fizera por ela? Silvia tinha tirado folga para cuidar de Regina, que não perdia a oportunidade de afrontar.

"Eu não tenho preocupação," Regina respondeu. "Você é quem deveria ter. Acha que é fácil viver sozinha, arcar com tudo sozinha? Além do mais, o dinheiro resolve muitos problemas."

Silvia deixou o garfo no prato com um barulho. "Como você resolveu o problema da Angélica?"

Angélica olhou da mãe para a tia, que estava pálida. "O que quer dizer com isso? O que tem o dinheiro a ver com isso?" Ela empurrou o prato, embolando a toalha de mesa. "Mãe?"

Regina limpou os lábios com o guardanapo de pano. "Silvia não sabe o que fala."

Silvia levantou-se. A mulher paciente tinha cedido lugar a uma com o semblante franzido, os olhos cheios de fogo. "Regina, chega. Achei que o diagnóstico do câncer e a cirurgia a amoleceriam. Estava enganada. Seu prazer é atacar as pessoas. Eu e sua filha somos os alvos preferidos, mas ninguém está ileso. Dinheiro não compra tudo. Tire a máscara." Ela apoiou as duas mãos na mesa. "Sua alma é atormentada porque usou o dinheiro para manipular."

Angélica sentiu a náusea revirar a comida no estômago. "Do que vocês estão falando? Exijo saber. Que história é essa de manipulação? De quem? Onde entro nisso?" Ela gritou as últimas perguntas.

O rosto de Regina empalideceu. Ela levou os dedos longos de unhas bem-feitas à cicatriz. "Não é hora desse assunto. Estamos jantando."

"Jantando?" Angélica se levantou. "O que você serviu aqui foi veneno."

Regina levantou-se, colocou o guardanapo ao lado do prato e foi na direção da escada. "Preciso descansar." Ela arrumou a saia do vestido cinza-chumbo e começou a subir os degraus.

Os olhos de Angélica quase saltaram das órbitas. Sua mãe jogara uma granada e saía da sala de jantar como se fosse a coisa mais natural deixar os destroços para trás.

Angélica olhou para a tia. "Que história é essa?"

Silvia suspirou. "Nunca deveria ter desenterrado essa questão. Cabe à sua mãe falar com você."

Angélica olhou para o topo da escada e viu a mãe desaparecer no corredor do andar superior. "Ela não vai me falar."

Silvia aproximou-se da sobrinha. "Nada fica encoberto para sempre. Suba e tente tirar a verdade da Regina. Não me surpreenderia se ela formou esse câncer por causa da escuridão da alma. Pode não ser uma explicação muito científica, mas Regina é um ser angustiado. Tudo isso que ela faz é para manter a fachada."

"Por isso age com tanta calma com ela?" Angélica deu-se conta de que pouco conhecia a tia.

"Oro há anos para que o coração dela amoleça. Um dia as cascas caem. Creia." Silvia subiu a escada.

Angélica olhou para os pratos cheios sobre a mesa. Tanta fartura. Tanta tristeza. Antes de descer para o porão, ela guardou a comida e arrumou a cozinha. Seria inútil tentar conversar com a mãe naquele momento. Em qualquer momento.

O porão lembrava um museu desativado. Cobertos por panos grossos, móveis, quadros e artigos de decoração ocupavam o amplo espaço. Alguns tapetes estavam enrolados e escorados no canto do ambiente. Angélica abriu um armário e leu as etiquetas nas caixas: enfeites de Natal, decoração, louça, papelaria. Nada que indicasse pistas que a levassem ao bebê. Aquela busca era mais uma forma de se ocupar e se enganar que poderia encontrar alguma coisa útil.

Angélica abriu outro armário e as etiquetas não mostravam nada de interessante. Apenas uma tinha seu nome. Ela puxou a caixa da pilha e a colocou no chão atapetado. Sentou-se em um banquinho e abriu a caixa. Dentro estava a decoração que usara no antigo quarto. Os objetos eram coloridos e leves, bem diferentes da decoração pedante da mãe. Porta-canetas, material escolar nunca usado, fantasias da época das apresentações de patinação artística e outros itens que contavam sua história. Porém, nada ali também tinha muita importância.

Desanimada, ela fechou a caixa e a devolveu ao armário. Para não sair de mãos vazias, Angélica abriu a caixa com decoração de Natal. As bolas coloridas estavam embrulhadas em papel de seda. Outros enfeites ocupavam outras caixas. Angélica pegou um embrulho de papel e o abriu. Nele, um anjo de árvore de Natal de louça lhe sorriu. Ela lembrava-se do anjo, presente da sua avó. Sua mãe detestava o enfeite por ser de mau gosto para sua árvore elegante de uma só cor. Um ano era branca, em outro, azul. Embrulhando o anjo de volta, Angélica o resgatou da caixa e o levou para seu quarto. Ele ocuparia o topo da sua própria árvore de Natal.

Angélica pouco trocou palavras com a mãe e a tia antes de dormir. A visita não estava saindo como ela imaginava. Como Silvia, Angélica também esperava que sua mãe estivesse mais maleável. Cansada da viagem, da tensão entre ela e Christopher e dos ataques e segredos da mãe, ela foi se deitar cedo. Olhou para o visor do celular. Não tinha respondido à mensagem de Christopher. Ela a releu várias vezes, tentando decifrar um código secreto que explicasse o comportamento estranho dele.

QUANTAS VEZES VOU ME RECRIMINAR? LARGUEI VOCÊ À PORTA SEM MAL ME DESPEDIR. PERDÃO. ESPERO QUE A VISITA À SUA MÃE SEJA BOA. ESPERO QUE NOSSA VIAGEM DE VOLTA SEJA MENOS INTENSA.

Ela começou a escrever uma mensagem e a apagou. Tentou outra e nada. Por fim, resolveu ser vaga.

VISITA COMO ESPERADO. NOS VEMOS NO DOMINGO.

Olhando para o anjo na cabeceira, Angélica esperou uma resposta. Ela apagou o abajur e se cobriu. O sono chegou primeiro que uma mensagem de Christopher.

Capítulo 26

QUERO ME ACERTAR COM VOCÊ. NÃO SÓ PELO QUE FIZ E DEIXEI DE FAZER, MAS ME ACERTAR QUANTO AO QUE SINTO. VOCÊ ME CONQUISTOU. QUERO CONTAR A MINHA HISTÓRIA NA VIAGEM. PEÇO PERDÃO MAIS UMA VEZ.

Christopher apertou o ícone de enviar no celular e o desligou. Olhou ao redor do quarto impessoal do hotel. As paredes o sufocavam. Ele vestiu o casaco marrom grosso e enrolou o cachecol amarelo no pescoço. Colocou a touca escura e saiu do quarto para o elevador. Uma caminhada lhe faria bem. O ar frio clarearia a mente, desintoxicaria a alma. Na rua, ele andou pela calçada polvilhada de neve. Esbarrou em um casal que saía do restaurante ao lado do hotel. Ao atravessar a rua, ele viu uma praça. Foi naquela direção. Os pinheiros estavam enfeitados para o Natal. A praça não era do tempo em que morava em Aurora. O bairro era novo, com casas novas e uma escola. Escolhera aquele hotel justamente pelo lugar, que não lhe traria memórias.

Ele andou na praça iluminada por postes. Com as mãos nos bolsos do casaco, caminhou devagar. Horas antes, quando entrava em Aurora com Angélica, ele olhara para o hospital, e memórias difíceis assaltaram sua cabeça. Alice tinha morrido ali, apesar de não morarem mais na cidade. O hospital tinha mais recursos para atender a pacientes graves. Os recursos pouco ajudaram sua esposa. Quem passava por uma morte repentina daquela vivia com pavor de outra notícia semelhante. Se algo acontecesse à Natália, ele não aguentaria. Ela o mantivera de pé quando seu mundo desabou. Ele nunca se imaginou viúvo, não aos trinta e nove anos. Ele e Alice tinham se casado jovens, logo que saíram da faculdade. A triatleta vivera de forma acelerada. Tudo seu era intenso. Um problema uterino e o desejo de ter um filho no primeiro ano de casamento levaram Alice a decidir adotar uma criança. O tratamento do problema exigiria que ela parasse de treinar, o que ela dissera não estar pronta. Assim, procuraram ajuda de uma agência de adoção e anunciaram aos amigos do desejo. Christopher não tinha a convicção de Alice, mas queria apoiá-la. Quem era ele para dizer que dar uma pausa nas atividades esportivas fazia mais sentido?

Mesmo que ele tivesse duvidado da viabilidade do plano, ao olhar para Natália, tudo fazia sentido. A filha o conquistara quando ele a pegou nos braços pela primeira vez. O cabelinho encaracolado, o rosto em formato de coração e a boquinha vermelha eram dignos de uma boneca de louça.

O casal nunca mais falou de ter outros filhos. Alice não desacelerara a vida de atleta. Christopher não podia ser mais feliz com Natália. A vida seguira em frente até o acidente fatal.

Christopher deu a volta no coreto da praça e tomou o caminho de volta para o hotel. Ele tirou o celular do bolso, na esperança de ver uma mensagem mais elaborada de Angélica. Nada. Ela tinha ficado chateada com ele, na certa. Ele agira de forma reprovável no carro e ao deixá-la na frente da casa da mãe. A agitação das emoções tirara-lhe a clareza de pensamento. Angélica o deixava louco, e ele agia como adolescente. Ver o hospital e recordar-se dos dois motivos que o levaram até lá intensificaram sua agitação. Vida e morte.

Ele se propusera a esclarecer seu comportamento com Angélica na viagem de volta. Porém, não planejava tocar em um assunto que ele mesmo não se sentia embasado para tratar. A questão era sensível demais para que ele a abordasse de modo precipitado, sem buscar confirmação. A hipótese poderia ser apenas fantasia da sua cabeça. Evitava pensar na possibilidade de que a suspeito pudesse se confirmar. Sua vida mudaria completamente. A vida de Natália mudaria para sempre.

O encontro com o cliente tinha solucionado vários problemas. Christopher fechou a maleta de viagem, desceu para a recepção do hotel e pagou a conta. Ele voltaria para Hope Lake aliviado quanto à questão profissional. Já a questão pessoal, o retorno diria. Angélica o esperava, segundo a última mensagem meia hora antes. A mensagem que ele lhe enviara no dia anterior foi respondida com "Conversamos na volta". Christopher não a culparia. Ele provocara aquela situação.

Na caminhonete, pegou a avenida para a casa da mãe de Angélica. Parou no caminho, pegou dois cafés. Ela não parecia sentir fome na viagem. Poderiam parar mais tarde para comer. Christopher olhou para os copos de café no console entre os bancos. Ele fora salvo por um café derramado. Patético. Era um homem ou um bicho sem controle? Seu pedido de perdão a Deus e à Angélica fora seguido por uma oração pedindo prudência e sabedoria. Sua maior preocupação, no entanto, era com a conversa que teria com Angélica.

Decidido a dar a ela uma impressão melhor dele, Christopher desceu da caminhonete ao chegar ao casarão. Ele tocou a campainha e esfregou as mãos. Uma mulher de meia-idade e profundas linhas de expressão entre os olhos abriu a porta.

"Bom dia. Christopher." Ele estendeu a mão para a mulher, que a tomou na sua. "Vim buscar Angélica. Moramos em Hope Lake."

A mulher lhe sorriu. "Claro. Ela já vem. Entre."

Christopher entrou e ficou parado no tapete da entrada. "Desculpe a hora." Na percepção dele, a mulher não batia com a descrição que Angélica fazia da mãe.

"Acordo cedo sempre."

Ele olhou por cima do ombro. Uma mulher com um penteado elaborado aproximou-se.

"Você é o arquiteto?" ela perguntou com o tom de voz seco.

"Sim. Christopher." Ele estendeu a mão. A mulher olhou para ele e pareceu ponderar se deveria corresponder ao cumprimento. Finalmente, ela apertou sua mão. O olhar dela permaneceu nele. Christopher notou que o rosto e os lábios dela ficaram pálidos. Talvez fosse efeito da cirurgia. "Espero que esteja se recuperando bem."

Ela permaneceu em silêncio, estudando o rosto dele. Christopher passou a mão nos lábios. Poderiam estar sujos?

Angélica surgiu com a maleta. As duas mulheres lhe deram passagem.

"Vejo que conheceu minha mãe e minha tia Silvia de uma só vez." Ela forçou um sorriso. Beijou a duas mulheres. "Temos que ir."

A tia acenou para eles quando saíram. A mãe, porém, ficou plantada no mesmo lugar à porta.

Na caminhonete, eles acenaram de novo para as duas mulheres e partiram. Christopher olhou-se no espelho retrovisor. Nada de sujeira no rosto. A mãe de Angélica o teria confundido com alguém? Não. Devia ser os remédios. Ele não a conhecia para saber se aquele espanto no rosto dela era comum. Christopher afastou o pensamento para se concentrar na conversa que teria com Angélica. Eles pegaram a estrada, a caminhonete cobrindo os quilômetros que passavam por fazendas, vilarejos e campos.

"Como foi sua visita ao cliente?" Angélica quebrou o silêncio, enquanto bebia o café.

"Produtiva. Resolvemos alguns problemas e tomamos decisões importantes. E sua visita?"

"Foi bom rever minha tia. Pena que minha mãe não a valorize como deveria."

Christopher olhou de relance para ela. Parecia mais cansada do que quando saía dos plantões. "Pronta para voltar para casa, não é?"

"Prontíssima."

A caminhonete passou por uma ponte sobre um rio tranquilo. Christopher não conseguia pensar em uma forma de entrar no assunto mais sério. O que falar, o que deixar para outra hora? A questão da adoção de Natália estava fora da pauta. Sua filha não gostava que o pai e a mãe, quando estava viva, falassem sobre o assunto com pessoas que ela pouco conhecia. Angélica não estava exatamente nessa categoria. Porém, Christopher decidiu que Natália teria a prerrogativa.

"Angélica, queria pedir perdão pessoalmente."

Ela olhou para ele e balançou a cabeça em entendimento. "Você não me forçou a nada."

"Mas não foi só o que aconteceu aqui no carro. Eu larguei você na casa da sua mãe e saí correndo, sem explicação. Quero explicar." O tempo nublado era um reflexo do humor de Christopher. A melancolia tinha dividido a cama com ele na noite anterior. Ele continuou, "Passamos pelo hospital onde Alice morreu. Foi uma sensação ruim. Revivi os últimos momentos. Queria sair dali. Arrumei um hotel do outro lado da cidade." Os olhos dele encontraram os dela.

"Aurora traz memórias difíceis para nós dois. Também senti mal-estar ao chegar aqui. Entendo muito bem. Não precisa pedir perdão. Hope Lake nos espera." Ela ofereceu-lhe um sorriso fraco.

"Podemos recomeçar? Sei que nos conhecemos há pouco tempo, mas gostaria de recomeçar."

A caminhonete desceu um vale onde o gado pastava, procurando grama na campina coberta de neve.

"Queria recomeçar tantas coisas." Ela suspirou.

Christopher tirou a mão do volante e a levou na direção da mão de Angélica, porém, logo a trouxe de volta ao volante. "Você me permite recomeçar algumas dessas coisas com você? Não sei quais são, mas gostaria muito."

Ela bebeu outro gole do café. "Ficaria feliz. Tive muita preocupação em abrir minha história com você."

A consciência de Christopher pesou. Ele deveria abrir toda sua história com ela, mas não sem Natália. "Nunca se preocupe em me contar qualquer coisa. Sei que a vida vai por caminhos que não entendemos. Aos vinte anos, eu jamais imaginaria que estaria viúvo com uma filha adolescente. Alice vivia intensamente. Muitas vezes, não pensava nas consequências. Gostava de velocidade. Eu pedia que tomasse cuidado. Ela ria e dizia que eu me preocupava à toa. Eu ficava irritado. Ao mesmo tempo, me recriminava. Eu a conhecia desde a adolescência. Estudamos na mesma escola. Ela foi minha primeira e única namorada. Não acho que estávamos prontos para nos casar. Tudo era muito precipitado. É fácil eu contar meu lado da história, sendo que ela não está aqui para se defender. Eu a amava, mas não fui o marido que ela merecia. Angélica, não quero errar de novo." Ele apertou o volante e olhou para ela.

"Não tenho experiência para oferecer palavras de sabedoria, mas entendo de precipitação. Também não quero cometer erros nessa área."

"Angélica, confirmo o que escrevi na mensagem. Você me conquistou. Agi com precipitação na ida para Aurora. Quero dar os passos certos, na hora certa."

Ela deixou o café no console e virou-se para ele. "O que está dizendo?"

"Que meus sentimentos por você estão crescendo e quero nutri-los. Isso é, se você tiver algum sentimento por mim."

"Achei que tinha ficado claro."

Ele suspirou, aliviado. "Não custa perguntar."

Ela apertou o antebraço dele sobre a manga do casaco. "Eu tenho muitos sentimentos por você, mais do que imaginei ser possível."

O sol fez um furo na barreira de nuvens e iluminou a campina ao redor. Christopher sentiu seu antebraço formigar. Virou-se para ela e sorriu.

"Fico feliz. Muito feliz," ele disse.

Capítulo 27

A única coisa boa que Angélica trouxera de volta da viagem tinha sido o anjo de Natal. O confronto com a mãe, a tristeza de testemunhar os ataques dela à irmã, o segredo que ela guardava sobre pagar para resolver o problema da filha, o dia longo e tenso, tudo isso diluíra qualquer esperança que Angélica tinha de tratar do relacionamento com a mãe. Ela era dura com ou sem câncer.

De volta ao apartamento, Angélica beijou a porta de entrada. Nunca se sentiu tão feliz naquele lugar só seu. Minutos antes, quando viu a placa de Hope Lake, ela quis pular da caminhonete e sair correndo pela rua principal, anunciando aos moradores que tinha voltado e que não sairia mais de lá. Christopher rira quando ela expressou sua vontade a ele. "Sinto o mesmo," ele dissera.

A despedida dos dois tinha sido tão contida quanto o comportamento na viagem. Angélica viajara uma pessoa e voltara outra, com os sentimentos conturbados. Ela se sentia como se uma balança de feira pendesse do seu pescoço. Em um lado, o peso que a mãe lhe punha. Do outro, a leveza que sentia por ter ouvido a declaração de Christopher. Os sentimentos dos dois cresciam. O laço que formava com ele se fortalecia. Se não fosse o carrinho bate-bate dos conflitos com a mãe, Angélica diria que a vida tomava um rumo promissor. O desejo de um dia se casar e formar uma família sempre estivera guardado num canto do peito. Com Christopher, era a primeira vez que ela ousava abrir uma frestinha na pesada porta. E a luz entrava.

Depois de tomar banho, ela foi para a saleta preparar mais encomendas para o Natal. O que Natália andava escrevendo no diário que Christopher lhe dera?

Angélica embrulhou várias sacolinhas porta-livros e marcadores de página com motivos natalinos. No dia seguinte, passaria nos correios para enviá-los aos clientes. Satisfeita, ela abriu o *laptop* e fez uma busca em ideias para presentes personalizados para seus amigos. Gostou da ideia das sacolinhas para guardar um vidro com ingredientes para chocolate quente. Ela tiraria a próxima folga para trabalhar nos presentes. A máquina de costura no canto da saleta a esperava. Quisera ter mais tempo para investir nesse *hobby* que crescia em importância.

Natália voltou à sua mente. Ela tinha a idade do seu filho. Era interessante observar a jovem inteligente e criativa. Seu entusiasmo com a patinação a aproximara mais de Angélica. Queria saber um pouco mais dela. De volta à Internet, Angélica procurou uma ideia original de presente para Natália. Passou várias imagens e parou em uma. Ela se levantou, foi ao quarto e pegou o anjo de Natal que trouxera da casa da mãe e que agora lhe fazia companhia da mesinha de cabeceira.

Voltando à saleta, ela escolheu o tecido com padronagem perfeita: asas de anjo. O fundo era branco e as pequenas asas em delicado lilás. Angélica pegou a tesoura e a régua especial para costura e marcou com giz as linhas de corte. Em meia hora, o projeto estava cortado e alinhavado. Ela terminaria no dia seguinte.

Angélica foi para cama com a balança pendendo mais para o lado doce. Christopher lhe enviara uma mensagem, dizendo que estava orando pelos dois, pelo futuro. Angélica dormiu com o celular debaixo do travesseiro.

MÃE, NÃO SEI O QUE ESCONDE DE MIM. SINTO QUE ESSE SEGREDO É UMA SOMBRA SOBRE O NOSSO RELACIONAMENTO. FIQUEI FELIZ EM VÊ-LA BEM DE SAÚDE, MAS FRUSTRADA EM CONFIRMAR QUE NUNCA CONSEGUIMOS NOS APROXIMAR. SEI QUE PARTE DISSO É CULPA MINHA. ESTOU DISPOSTA A FAZER O QUE

PUDER PARA AFASTAR AS SOMBRAS. MAS SOMBRAS SÓ SE AFASTAM COM LUZ. ENQUANTO NÃO FALARMOS ABERTAMENTE SOBRE NOSSOS CONFLITOS, NUNCA PODEREMOS EXPERIMENTAR A VERDADEIRA AMIZADE DE MÃE E FILHA. NÃO DUVIDE DO MEU AMOR POR VOCÊ. SÓ NÃO APRENDI A EXPRESSÁ-LO DE FORMA ADEQUADA.

Angélica enviou o *e-mail* sabendo que estouraria como uma granada quando a mãe o lesse. Porém, estava disposta a ir fundo no conflito. Desejava tanto falar com ela sobre Christopher. Angélica tinha dúvidas de que a mãe o aprovara. Ela fizera uma cara estranha quando Christopher se apresentou no dia anterior. O que ela tinha visto nele que lhe causara tamanho desagrado?

Levantando-se da mesa da cozinha, Angélica tirou a torrada da torradeira. Passou uma boa quantidade de requeijão e encheu uma caneca de café. Ela tinha que estar no hospital em meia hora para mais um plantão. Só saberia da resposta da mãe quando voltasse para casa. De forma alguma abriria o *e-mail* durante o trabalho porque previa uma enorme dor de cabeça com a resposta.

No trabalho, Angélica preparou-se para o dia na ala da maternidade. A enfermeira-chefe avisou que três mulheres tinham chegado de madrugada e já estavam em estágios diferentes de dilatação.

"A Dra. Soh está monitorando a pressão arterial da paciente do quarto 32. Está subindo." A enfermeira alta de pele escura entregou uma prancheta para Angélica. "Fique a postos porque talvez ela precise de cesárea."

Angélica foi verificar a paciente. Era uma mulher na casa dos quarenta. Vários fios a ligavam aos monitores. O marido passava um pano úmido na testa dela. A pressão estava estável.

"Meu nome é Angélica. Vou cuidar de você." Ela sorriu, sabendo que era a melhor forma de acalmar um paciente.

"E meu bebê?" A mulher contorceu o rosto. Mais uma contração.

"Tudo certo," Angélica respondeu ao verificar os monitores.

Depois de monitorar as duas outras pacientes, Angélica foi à pequena cozinha da enfermagem. Encheu o copo de papel com água e bebeu grandes goles. Uma enfermeira de cabelo branco enrolado em um coque entrou e a cumprimentou. Angélica não a reconheceu. Talvez fosse de outra ala. Embora o cabelo fosse branco, ela não parecia tão velha assim. Angélica sorriu e jogou o copo na lixeira.

"Muita correria hoje?" a mulher perguntou.

Angélica tentou ler o nome no crachá, mas não conseguiu. "Por enquanto, tudo tranquilo. Três gestantes." Ela fez menção de sair, mas a mulher voltou a falar.

"Nem tudo que parece perdido está perdido." A enfermeira mais velha virou-se e saiu da cozinha.

Angélica ficou parada por um instante, tentando contextualizar o comentário. Considerou que a enfermeira estivesse cansada com o plantão para falar algo sem sentido. Ela saiu no corredor e olhou de um lado para o outro. Nada da mulher. Ignorando o comentário, Angélica voltou ao trabalho. A paciente mais velha teve um pico de pressão, e a médica a mandou para o centro cirúrgico. Angélica concentrou-se nas outras gestantes, enquanto pensava na paciente em cirurgia.

Na hora do almoço, as duas pacientes entraram em trabalho de parto. Angélica foi destacada para ajudar no quarto 31. Tudo correu como esperado, e um bebê de quase quatro quilos anunciou sua chegada com um choro forte que encheu o quarto. A mãe, exausta e suada, acariciou o bebê peladinho que a médica colocou em seu peito. Logo Angélica o tirou da mãe para fazer os procedimentos necessários.

No fim da tarde, Angélica voltou à cozinha para comer o lanche que tinha comprado na cafeteria. Tivera notícia da gestante mais velha. A mulher passava bem apesar da hemorragia.

Sentada na banqueta, Angélica comia o sanduíche e olhava para a porta. Por que a enfermeira mais velha tinha dito que nem tudo estava perdido? Tudo o quê? Seria a respeito da paciente que faria cesárea?

Terminado o plantão, Angélica foi para a livraria. Não queria estragar o resto do dia lendo a resposta da mãe ao *e-mail*. Viola tinha enviado uma mensagem mais cedo falando do plano de fazer uma festa de Natal antecipada no fim de semana. Segundo ela, sentia-se inspirada com a chegada de dezembro.

A escritora e Amelie fechavam a loja quando Angélica chegou. Uma cliente saía com a sacola cheia de livros. Amelie trancou a porta e puxou a amiga para o balcão, onde Viola trabalhava no *laptop*. Depois de dar uma atualização sobre a saúde da mãe, Angélica lhes falou sobre o estranho encontro com a enfermeira na cozinha do hospital.

Amelie abraçou uma pilha de livros e começou a organizá-los nas prateleiras. "Esses encontros não são coincidência. Lembra-se dos meus? O posto de gasolina, a cafeteria, o coreto."

Angélica pegou outra pilha de livros e foi ajudar a amiga. "Por que um anjo me visitaria?"

"Quem sabe os caminhos de Deus?" Viola disse. Ela saiu de trás do balcão e cruzou os braços. Um sorriso enigmático estampou-se no rosto. "Falando em caminhos, e a viagem com Christopher?"

Angélica desenrolou o cachecol, sentindo um súbito calor. "Uma viagem e tanto." Ela colocou um livro na prateleira.

"Ah, vai guardar segredo?" Viola perguntou. "*Zing*?"

Amelie olhou de uma para a outra. Angélica respondeu: "*Zing* ao cubo."

"Ei, que código é esse? Vão me deixar de fora?" Amelie perguntou.

Angélica e Viola riram. A enfermeira explicou a teoria à Amelie.

"Isso é bom. E daqui para frente?" Amelie colocou o último livro na prateleira e desenrolou a manga do suéter mostarda.

"Estamos conversando," Angélica disse.

O assunto mudou para a festa de Natal. As três fizeram a lista de convidados. Viola queria uma festa para amigos com o intuito de estreitar os laços.

"Quero ver alguns laços bem apertados." A escritora riu ao escrever o nome de Christopher e Natália.

"Sabe que vem nevasca por aí?" Amelie falou.

"A gente se aquece em casa." Viola piscou para Angélica.

A sensação de bem-estar durou até que a enfermeira chegou em casa.

Capítulo 28

O celular tocou na bolsa de Angélica, o nome de Christopher brilhando no visor. Ela desligou o carro. As luzes da garagem subterrânea iluminavam o ambiente de concreto.

"Christopher, tudo bem?"

"Desculpe eu ligar, mas não está tudo bem. É Natália." O tom de voz era de preocupação.

"O que aconteceu?" Angélica puxou o gorro, largando-o ao lado da bolsa no assento do passageiro.

"Não sei. Ela me ligou chorando da escola. Disse que sentiu vertigem e que o coração disparou. Corri para pegá-la. Não tem febre, mas ela está tremendo debaixo da coberta."

Angélica ligou o carro. "Estou indo para aí. Fique com ela. Se piorar, chame a ambulância e me avise." Ela se despediu e desligou o celular, jogando-o de volta na bolsa.

Resistindo à vontade de pisar no acelerador, Angélica tomou a direção da casa do lago. As ruas já estavam tranquilas àquela hora com o comércio fechado. Minutos depois, ela estacionava ao lado da caminhonete de Christopher. Saltou do carro e encontrou a porta da casa aberta. Ela entrou e ouviu Christopher a chamando do corredor.

Ela tirou o estetoscópio da bolsa e correu até o quarto de Natália. Ela estava recostada nos travesseiros. O rosto pálido e o cabelo escuro caindo pelos ombros lhe davam um ar de fragilidade. Os olhos estavam inchados de chorar. De moletom, ela segurava a mão do pai. Christopher fez um sinal para Angélica se aproximar.

A enfermeira aferiu a pressão arterial de Natália com um aparelho que Christopher lhe entregara. Depois, verificou a temperatura e os batimentos cardíacos. "A pressão está um pouco baixa, mas nada que se preocupar. O coração está um pouco acelerado, mas não me parece anormal. Temperatura normal." Ela tirou o cabelo do rosto de Natália com os dedos e se sentou na beira da cama ao lado de Christopher. "O que aconteceu exatamente?"

Natália fungou. "Não sei. Estava no último período da aula de matemática. Sem mais nem menos, meu coração disparou e minhas mãos ficaram suadas. Bebi água. O chão da classe parecia que tremia. Minha colega perguntou se eu estava bem, e eu disse que precisava ir ao banheiro. Liguei para meu pai, e ele foi me buscar."

"Ela estava tremendo quando cheguei lá. O que acha que é?" Christopher olhou para a filha com preocupação.

"Parece uma crise de ansiedade. Sugiro uma consulta ao médico amanhã. Os sinais vitais estão bons, então não deve ser urgente. De qualquer forma, se ela piorar, precisa ir à emergência."

"Não quero ir ao hospital," Natália falou com a voz chorosa.

Angélica olhou para o rosto pálido de Christopher. Entendia a preocupação dele em ter que ir ao hospital. "Vamos fazer o seguinte. Vou dormir com o celular do meu lado. Qualquer coisa, venho aqui e acompanho vocês à emergência."

Natália segurou na mão de Angélica. "Fique aqui, por favor."

"Filha, a Angélica sai muito cedo para o trabalho. Ela precisa descansar." Christopher olhou para Angélica com a testa franzida e olhos pesados de preocupação.

"Se puder esperar, vou em casa e pego minhas coisas. Durmo na sala." Angélica apertou as mãos da jovem.

"Eu espero," Natália disse.

Christopher se levantou. "Você dorme no meu quarto e eu durmo na sala."

Angélica guardou o estetoscópio na bolsa e se levantou. "Estou acostumada a dormir nos lugares mais desconfortáveis. E seu sofá é ótimo."

□"De jeito nenhum. Vá buscar suas coisas que troco a roupa de cama."

□Ao voltar para casa, Angélica avaliou o motivo que poderia ter desencadeado a crise de ansiedade de Natália. As experiências traumáticas deixavam efeitos duradouros. Quantas coisas terríveis passariam pela cabeça de Natália desde a morte da mãe? Se Christopher ainda sofria com isso, para uma jovem, o trauma poderia ser maior por causa da vulnerabilidade da idade.

□Angélica tomou um banho rápido e vestiu a calça de ginástica e um suéter escuro. Colocou um conjunto de uniforme limpo e o pijama na bolsa. Depois pegou a bolsinha de produtos de higiene pessoal e saiu. Ela tinha motivo para não abrir o *e-mail*. Sua ansiedade também crescia ao imaginar o conteúdo da mensagem da mãe.

□Quando ela chegou de volta à casa de Christopher, Natália estava de pijama e cabelo úmido. Ajudava o pai na cozinha. Seu rosto ainda estava pálido.

□"Ela preferiu me ajudar." Christopher tirou uma *pizza* do forno. "A comida não é grande coisa."

□Natália colocou os pratos na mesa e se sentou. "Angélica, pode ficar do meu lado?"

□Angélica puxou a cadeira para perto. "Claro. Por que não me fala da sua última leitura?"

□"Li mais dois livros de Natal depois daquele."

□Christopher colocou a *pizza* na mesa e se sentou. "Amelie vai ter que aumentar o estoque." Ele arregaçou as mangas do pulôver bege e cortou as fatias, colocando uma em cada prato.

□"E aumentou. Passei na livraria e chegaram vários livros de Natal. Aliás, vocês estão convidados para a festa." Angélica cortou um pedaço da *pizza* e enrolou o fiapo de queijo no garfo.

□"Que festa?" Natália perguntou.

□"Viola vai dar uma pré-festa de Natal no fim de semana. Ela disse que é a primeira de uma tradição que deseja criar em Hope Lake."

□"Acha que vou estar melhor até lá? Faltam dois dias." Natália tirou um pedaço da casquinha da *pizza* com os dedos.

□"Se for mesmo ansiedade, a festa vai fazer bem. Só que tem que me prometer que vai ao médico amanhã," Angélica disse.

□"Vou. Não quero sentir isso de novo. Vou sentir de novo, Angélica?"

□"É possível, mas há estratégias para controlar a crise."

□"Você me ensina?"

□"Claro. Mas primeiro, coma. A fome prega umas peças na gente e confunde com problemas de saúde."

□Christopher piscou para Angélica. Seu coração saltitou. Estava se acostumando e gostando de passar tempo com a família. A cozinha aconchegante com cheiro de queijo derretido tornava-se o lugar preferido de Angélica além da livraria e do seu apartamento. A companhia de Christopher e Natália lhe fazia muito bem, mesmo nos momentos difíceis.

"Sabe do que precisamos?" Christopher levantou-se e tirou o celular do bolso da calça escura. "Música de Natal. Já é dezembro." Ele tocou na tela do celular algumas vezes e a música se espalhou pela casa.

Angélica olhou para o teto e identificou pequenas saídas de som. "Existem caixas de música, mas essa é uma casa de música. O som é perfeito. Não pensam em ter uma árvore de Natal? O canto da lareira é perfeito."

Natália sorriu. "Acha que podemos arrumar um pinheiro de verdade?"

"Estava pensando em ir à fazenda de pinheiro comprar uma para mim. Se me ajudarem, ajudo vocês." A preocupação de Angélica foi se evaporando quando a cor voltou ao rosto de Natália. A jovem precisava de distração dos problemas que lhe causavam angústia.

"Vamos ter um fim de semana ocupado. Árvore de Natal de manhã, festa à noite. Temos que comprar as árvores antes da tempestade de neve." Christopher serviu mais um pedaço de *pizza* para cada um.

A primeira música de Natal terminou, e outra começou. Angélica massageou os braços. Seus olhos se encheram de lágrimas ao ouvir as notas. *Noite santa, luzes brilham, é a noite do nascimento do nosso querido Salvador. Noite santa, noite divina.* Um peso irresistível levou Angélica a se colocar de joelhos e esconder o rosto nas mãos. As lágrimas escorriam para o chão. A música perfurou seu coração, espalhou-se pela alma. Braços circundaram seus ombros e cintura. Sentiu Christopher e Natália, um de cada lado. Angélica chorou entre soluços. *Oh, a noite em que Cristo nasceu. Noite divina.* Ela ouviu os soluços de Natália acompanharem os seus. O braço de Christopher a apertava, dando-lhe conforto e segurança. Eles não a fizeram se levantar. Pelo contrário, encontraram-se com ela no chão da cozinha. Ah, o amor que ela sentia! Queria abraçá-los, dançar com eles na cozinha, rir e chorar. Porém, o peso a segurava ali. Era tempo de se entregar, se humilhar aos pés da cruz. Não tinha capacidade de resolver seus problemas, de trazer a mãe para perto, de reatar. Nunca poderia reescrever o passado e trazer seu bebê de volta. No entanto, a paz abraçou seu coração com mãos aveludadas.

A música terminou. Angélica se sentou no chão. Christopher e Natália fizeram o mesmo. Eles se deram as mãos. Christopher orou.

□"Somos pequenos, Senhor. Pequenos e incapazes. Temos dores de perda, de relacionamentos quebrados. Clamamos por sua graça e misericórdia sobre nós."

□Angélica e Natália disseram amém. Ali eles se abraçaram, um círculo de três pessoas, três corações.

Joy sobrevoava a cozinha na companhia de dois querubins. As asas subiam e desciam, espalhando paz no ambiente. Era bom ver os servos de Deus de joelhos, sua posição mais poderosa. Joy desceu sobre Angélica, Natália e Christopher e pousou suas asas sobre eles. Eles não ofereceram resistência. Pelo contrário, abaixaram a cabeça.

"Nem tudo que parece perdido está perdido," Joy sussurrou.

Capítulo 29

Os flocos de neve dançavam na noite como se um travesseiro de pequenas plumas tivesse estourado no céu. Eles pousavam no teto e no janelão de vidro da casa do lago, criando formas arredondadas como nuvens.

□Com o antebraço apoiado na testa e os olhos arregalados, Christopher acompanhava o deslizar dos flocos pelo vidro. A lareira acesa emitia a única luz da sala. As chamas oscilavam como bandeiras vermelhas e laranjas sobre a lenha. Christopher calculou que estava naquela posição sob o cobertor pesado por uma hora ou mais. A experiência espiritual na cozinha com Natália e Angélica tinha deixado todos os seus sentidos atiçados. A impressão de estar levitando continuava. Ele sentira um peso nos ombros, como se mãos invisíveis o empurrassem, quando Angélica se ajoelhou. Não tinha sido uma escolha ajoelhar-se ao lado dela. O peso era grande demais para que conseguisse manter as pernas esticadas.

Após a oração, Christopher, Natália e Angélica tinham arrumado a cozinha em silêncio e se preparado para se deitar. As únicas palavras trocadas tinham sido 'boa-noite'. Christopher imaginava que a crise de ansiedade da filha estivesse sob controle. Angélica estaria pronta para intervir caso fosse necessário.

O crepitar da lenha acompanhou os pensamentos alucinados de Christopher. A sensação de levitação passou. No lugar dela, a pressão. Ele se sentia como um balão de água sendo apertado. Logo estouraria. A tensão romântica em relação à Angélica era insuportável. A pressão de lhe contar sobre o nascimento de Natália era intolerável. No entanto, ele não tinha o direito de colocar pressão na filha para contar à Angélica sobre a adoção. As datas de nascimento batiam. O hospital era o mesmo. A hipótese estava criada e precisava ser confirmada ou anulada.

Christopher afundou a cabeça no travesseiro, buscando alívio. Porém, nada lhe daria alívio a não ser encarar as duas principais questões. Por onde começar sem pressionar Natália?

Seus olhos ficaram pesados. A testa doía. Christopher virou-se de lado no sofá e fechou os olhos. Sentiu uma presença ao seu lado. Seus ombros relaxaram.

◻Natália abraçou o travesseiro. O edredom pesava sobre seu corpo, mas nada parecido com o que sentira na cozinha. Ao ver Angélica ajoelhar-se, Natália achou estranho. Porém, segundos depois, ela se sentira impelida a fazer o mesmo. A ansiedade fora substituída por uma sensação de bem-estar.

◻Ela olhou para as sombras no quarto escuro. O medo ameaçou chegar, mas ela pensou no que acontecera na cozinha e em Angélica, que dormia no quarto ao lado. A enfermeira parecia muito sozinha. Tinha as amigas da livraria. A mãe morava em outra cidade. Ela tinha se aproximado mais do seu pai nas últimas semanas. Ele parecia gostar da companhia dela. O que teriam conversado durante a viagem para Aurora? Seu pai não falaria sobre a adoção. Era um acordo entre eles. Talvez Natália devesse se abrir com Angélica. Ela tinha muito medo de perder o pai. Não saberia viver sozinha ou com tia Marina. Detestava perdas. Era como se o chão se abrisse e a engolisse. Foi assim que se sentira quando soube do acidente e da morte da mãe. O abismo era interminável. Ela caía e caía.

◻À tarde, na escola, Natália tinha sentido o chão tremer, ameaçando a abrir. Ela imaginou seu pai sofrendo um acidente, e alguém lhe traria a notícia de que ele tinha morrido também. Seu coração disparou. As mãos ficaram pegajosas de suor. Que alívio tinha sido vê-lo. Deus tinha lhe tirado da mãe biológica. Depois lhe tirou a mãe adotiva.

O que mais Natália perderia? Queria ter uma fé forte, mas não tinha. O que experimentara na cozinha poderia ser um recado de Deus de que Natália podia ter esperança?

◻Ela soltou um longo suspiro. Aconchegou-se no edredom leve como pluma. Era como se asas de anjo a abraçassem. Uma gostosa sensação.

◻Natália fechou os olhos. Pediu a Deus um milagre.

◻Deus estava trabalhando o barro. Angélica girava na roda do oleiro, que torneava sua alma rachada. Na cozinha em companhia de Christopher e Natália, ela entregara-se ao amor. O caminho sem volta da entrega dos problemas a Deus tinha começado. Até então Angélica fizera cabo de guerra com Deus, como se fosse possível vencê-lo. Seus conflitos não se resolviam com a força humana. Quem poderia transformar sua mãe? Quem poderia consolidar o relacionamento com Christopher e Natália?

◻Angélica tinha sentido o poder do abraço. Ajoelhada entre Christopher e a filha, ela experimentara a chama do amor sendo reavivada. Asas de anjos pareciam ter abanado o pequeno fogo no seu coração até que ele crescesse.

◻Embolada no edredom da cama de Christopher, Angélica tremeu. Sentia o cheiro dele, o que conhecera quando escorregou na frente da casa de vidro, e ele a segurou.

◻Angélica memorizara a oração dele na cozinha:

"Somos pequenos, Senhor. Pequenos e incapazes. Temos dores de perda, de relacionamentos quebrados. Clamamos por sua graça e misericórdia sobre nós."

Ela era pequena e incapaz. Sofria dores de perda. Tinha relacionamento quebrado com a mãe e necessitava de graça e misericórdia. Deus receberia essa oração. Angélica tinha fé.

Sob o teto da casa, três corações batiam. Angélica inflou-se de gratidão pela vida, tão preciosa a Deus, mesmo que tão imperfeitas e carentes. Ela balbuciou uma canção de louvor por Christopher e Natália. Como os amava! De formas diferentes, era verdade, mas amor. Amor de amizade, amor romântico. Eles eram brotos do amor perfeito, ágape. Angélica almejava aprender esse amor, que vinha do alto por sua perfeição.

"Prostre-se de joelhos, ouça a voz dos anjos. Assim nasceu gloriosa esperança," Angélica cantou bem baixinho, escondida debaixo do edredom. Deixaria aquela canção de Natal para Christopher quando ele fosse se deitar ali.

A festa na casa de vidro tinha começado na cozinha. Joy e os querubins dançavam entre as orações que Angélica, Christopher e Natália faziam. As palavras subiam como incenso, ultrapassando o teto, as nuvens e a atmosfera. Deus as coletaria em um jarro que nunca se quebraria.

A bênção não estava na resolução dos conflitos, mas na disposição de submeter ao amor perfeito. Joy sabia que muitos conflitos não tinham solução. No entanto, aquele não era o fim. A esperança era insistente quando o amor era constante.

Três corações pulsando com o mesmo propósito. Joy presenciaria um milagre maior ainda nos próximos dias.

Capítulo 30

Angélica não se surpreendeu com a falta de resposta da mãe. Ao se despedir de Christopher e Natália antes do plantão, ela verificou o *e-mail*. Silêncio. Ele poderia ser interpretado como pirraça ou recusa em lhe dar respostas. Angélica leu sua mensagem novamente sentada no carro no estacionamento do hospital.

Mãe, não sei o que esconde de mim. Sinto que esse segredo é uma sombra sobre o nosso relacionamento. Fiquei feliz em vê-la bem de saúde, mas frustrada em confirmar que nunca conseguimos nos aproximar. Sei que parte disso é culpa minha. Estou disposta a fazer o que puder para afastar as sombras. Mas sombras só se afastam com luz. Enquanto não falarmos abertamente sobre nossos conflitos, nunca poderemos experimentar a verdadeira amizade de mãe e filha. Não duvide do meu amor por

VOCÊ. SÓ NÃO APRENDI A EXPRESSÁ-LO DE FORMA
ADEQUADA.

□Angélica não permitiria que o desânimo em relação
à mãe lhe tirasse a paz que sentira na noite anterior
e logo cedo, ao abraçar Christopher e Natália. O dia
seria longo no plantão da ala da emergência. Mais tarde,
ela iria à casa de Viola para arrumar a festa do dia
seguinte. Seria bom passar um tempo com ela e Amelie.
O amor-amizade precisava ser nutrido.

□Como esperado, muitos pacientes procuraram o
hospital com ossos quebrados, cortes profundos, dores
em diversas partes do corpo. O mundo de Angélica era
o do sofrimento, mas também da esperança na forma
de tratamento e solução para um problema de saúde.
Raros eram os casos, pelo menos na emergência, de
doenças sem cura.

□Terminado o plantão, ela foi para a casa de Viola.
Amelie já tinha chegado e decorava a árvore de Natal.

□"Entre, entre, está muito frio." Viola puxou
Angélica para dentro da sala aquecida. "Trouxe uma
sopa quente de Geraldo para o lanche. Sálvio saiu para
fazer compra de mercado. Planejei um banquete e tanto
para a festa."

□Angélica tirou o casaco impermeável, a touca e
as luvas e assoprou hálito quente nas mãos fechadas.
"Estou morrendo de fome." Ela aproximou-se de
Amelie, que desembolava um longo fio com luzinhas.

◻A sala ampla era dividida em dois ambientes. O primeiro tinha um sofá em L e várias poltronas ao redor da lareira. O tapete alto engoliu os pés de Angélica, que tinha deixado a bota suja de neve e lama à porta. O segundo ambiente acomodava uma mesa de centro redonda com quatro poltronas grandes de couro ao redor, talvez para conversas mais íntimas. Velas com fragrância de cravo e canela estavam acesas no batente de madeira acima da lareira. Era o cheiro do Natal. No fundo, a música natalina instrumental embalava a decoração da árvore.

◻De calça e suéter pretos, Viola abriu mais uma caixa de plástico com bolas reluzentes. Amelie cumprimentou Angélica e lhe passou a ponta do fio.

◻"Consegui desembolar tudo. Coloque a ponta no alto do pinheiro. Tem um banquinho atrás da árvore," ela disse.

◻As duas mulheres enrolaram o fio com luzes nos galhos do pinheiro natural, que liberava cheiro de pinho na sala.

◻Angélica, Amelie e Viola conversavam, enquanto trabalhavam. Os assuntos passaram pela livraria e os novos livros, pela preparação da grande festa de Natal de Hope Lake e a atualização do trabalho de cada uma. Angélica preferiu deixar sua frustração com a mãe do lado de fora da casa. Também não desejava contar sobre a experiência sobrenatural com Christopher e Natália.

◻"Estava pensando em pedir aos convidados que viessem com roupa de festa. O que acham?" Viola girou com uma guirlanda verde e vermelha.

"Fácil convencer as mulheres. Difícil convencer os homens." Amelie pegou duas bolas azuis brilhantes e as levou às orelhas como brincos.

"Não tenho nada chique," Angélica falou. Uma das tristezas de sua mãe era que a filha não se vestia à altura do dinheiro da família. Agora que ela vivia com o dinheiro contado, não gastaria com roupas que nunca usaria.

Viola deixou a guirlanda na caixa e pegou Angélica pelas mãos. "Ganhei uns quilos nos últimos anos, mas trouxe meus vestidos da época da magreza." Ela riu. "Venham." Ela seguiu para o corredor do casarão e as amigas foram atrás. No segundo andar, elas entraram no quarto de Viola e Sálvio. Angélica deu um giro como se estivesse em uma galeria de artes. O *closet* de Viola era maior que a sala do seu apartamento. As roupas estavam penduradas por cores. As prateleiras de sapato eram tão organizadas quanto as estantes de livros da livraria. No centro, um balcão com gavetas e tampo de vidro. Viola fez as amigas se sentarem no divã de veludo branco e começou a puxar vestidos embalados em capas de plástico. Ela colocou os vestidos no balcão de vidro. Pegou o primeiro pelo cabide.

"O que acha deste?" Ela abriu o zíper da capa e um vestido prata longo foi surgindo. Amelie e Angélica fizeram um "oooo" ao mesmo tempo.

□"Isso é vestido de princesa. Se esse for o nível das roupas que você espera que usemos, estou preocupada," Amelie falou e riu.

□"Talvez esse seja exagerado. Vamos a outro." Viola puxou um cabide. O vestido era vermelho com uma abertura do lado. "Sei de um homem que iria ter palpitação." Ela olhou para Angélica e deixou o vestido de lado. Pegou outro. "Este é mais modesto." Ela abriu a capa. Azul esverdeado, o vestido tinha uma fita de cetim na cintura e a saia leve e rodada midi. O peito era bordado da mesma cor e as mangas frouxas transparentes davam mais leveza à peça. Ele tinha discretos pontinhos brilhantes.

□Angélica arregalou os olhos. Nunca tinha visto algo tão esplêndido e clássico. Ela se levantou e passou os dedos no tecido suave. "Que lindo, Viola! Acha que cabe em mim?"

□"Prove."

□Angélica foi para trás de um biombo e tirou o uniforme hospitalar. Em minutos, ela se transformou de enfermeira em princesa. Ela saiu de trás do biombo e se olhou no espelho de pé. Amelie e Viola aplaudiram.

□"Você é um espetáculo, Angélica. Não deve esconder sua beleza." Viola levantou-se e pegou uns grampos de uma das gavetas. Improvisou um coque com mechas caindo pelo pescoço. "*Zing, zing, zing*. Christopher está perdido."

□Amelie levou a mão ao coração. "Que linda!"

◻Viola convenceu Amelie a pegar um vestido também. Ela escolheu um verde esmeralda de tafetá com corte reto e elegante. Angélica imaginou o que Natália vestiria. Talvez devesse perguntar que roupas de festa tinha.

◻As três foram para a cozinha depois da escolha do vestuário da festa. Enquanto Viola servia o lanche na mesa, Angélica mandava uma mensagem para Natália, explicando das roupas. A jovem respondeu que não tinha nada de festa, mas que elas poderiam ir à loja no dia seguinte depois da compra das árvores de Natal.

◻Angélica voltou para casa pisando em nuvens de algodão doce. No corredor do prédio, ela viu um jovem alto entrar no apartamento do Sr. Orlando. O neto, com certeza.

◻Ao finalmente colocar a cabeça no travesseiro, ela considerou que era melhor não ter notícias da mãe a receber uma avalanche de ataques. Tudo a seu tempo.

◻O dia seguinte seria o mais especial de todos. Compra das árvores de Natal com Christopher e Natália, busca do vestido para a jovem e a grande festa na casa de Viola. O que ela poderia esperar de mais perfeito?

Capítulo 31

Corredores e corredores de pinheiros no terreno coberto de neve se espalhavam em todas as direções. Natália parou em frente a um pinheiro alto e gordo. Passou a mão enluvada pelos galhos de folhas pontiagudas e virou-se para Angélica e Christopher que vinham logo atrás. Ela balançou a cabeça afirmativamente e o pompom do gorro rosa balançou.

☐"Este." Ela fingiu abraçar o pinheiro. "Ele está chorando e pedindo: me levem para casa."

☐Christopher segurou no braço de Angélica. "Olhe o drama." Ele riu. "Agora vamos achar um menor para Angélica.

☐Natália colocou uma etiqueta de vendido no pinheiro e entrou em outro corredor. Christopher passou o braço pelo ombro de Angélica.

☐"Frio? Está tremendo," ele falou.

"Felicidade tem efeito colateral também," ela respondeu. A *parka* com capuz peludo a protegia do frio, mas não da explosão de emoções. Aproveitando que Natália estava fora de vista, ela puxou Christopher pelo cachecol amarelo. "Você me faz feliz."

Ele aconchegou o rosto dela nas mãos em concha, vestidas de luvas de couro. "Eu te amo, Angélica. Não escolheria um lugar mais especial para dizer isso. No meio dessas árvores de Natal. Você é meu anjo de Natal." Christopher depositou um beijo calmo nos lábios dela.

Os olhos de Angélica arderam. Seus ouvidos nunca tinham ouvido uma declaração de amor. Ela não era anjo. Longe disso. Porém, a intenção de Christopher valia todos os presentes que o mundo pudesse lhe dar. Aquele era o presente vindo do céu. Amor.

Sem se importar com uma família que entrava no corredor de árvores, Angélica encostou os lábios na orelha dele. "Meu amor. Te amo neste Natal e nos próximos."

Christopher a pegou pela cintura, e juntos foram procurar Natália. Ela conversava com o dono da fazenda. Quando viu o pai e Angélica, correu até eles.

"Sr. Horácio tem árvores menores no galpão. Vamos ver?"

Natália olhou para o braço do pai enlaçando a cintura de Angélica e sorriu. Os três foram para o galpão. Minutos depois, saíam com um balde de terra e um pinheirinho.

Um funcionário da fazenda cortou o pinheiro maior e o amarrou na caçamba da caminhonete.

□De volta à cidade, eles pararam na loja de roupas femininas. Enquanto Christopher esperava no carro, Angélica e Natália procuravam um vestido. Natália escolheu um grená curto de renda e meia-calça preta.

□Christopher e Natália deixaram o pinheirinho no apartamento de Angélica, que os convidou para um café com biscoito. Decidiram que deixariam a decoração das árvores para o dia seguinte. Pai e filha foram embora, deixando Angélica para se arrumar para a festa mais tarde.

□Ela tomou um banho perfumado de banheira. Pensou mil vezes na declaração de amor de Christopher. Pelos olhares curiosos de Natália, ela tinha aprovado o relacionamento dos dois. Tudo se encaixava.

□Angélica saiu da banheira e se enrolou no roupão. Na saleta, ela apreciou o presente que tinha feito para Natália. Ainda não tinha pensado o que daria a Christopher. A inspiração viria. Ela mal conseguia se conter com a expectativa da festa. Queria abraçar Christopher, apresentá-lo como seu namorado para os amigos.

□Angélica abriu o *laptop* na mesa de artesanato e sentiu um frio na barriga. Sua mãe tinha escrito. Seus dedos tremeram ao clicar na mensagem.

□ANGÉLICA, PASSADA A INDIGNAÇÃO DE LER PALAVRAS TÃO ÁCIDAS DA SUA PARTE, FINALMENTE

CONSEGUI ESCREVER. ESTOU BEM DE SAÚDE, SE LHE INTERESSA.

□HÁ QUINZE ANOS TOMEI UMA DECISÃO DIFÍCIL, APESAR DOS PROTESTOS DO SEU PAI. NÃO PERMITIRIA QUE VOCÊ JOGASSE SUA JUVENTUDE NO LIXO PARA CUIDAR DE UMA CRIANÇA SEM O PAI. VOCÊ SEMPRE DESPREZOU MEUS CONSELHOS, POR ISSO ASSUMI O CONTROLE DA SITUAÇÃO.

□SEU BEBÊ FOI COLOCADO EM UMA FAMÍLIA SÓLIDA. FOI O QUE O ADVOGADO ME PROMETEU. ELE TRATOU COM A AGÊNCIA. SE LHE CONFORTA SABER, VOCÊ TEVE UMA MENINA.

□Angélica soltou um grito como de um animal que recebeu uma lança no peito. Ela apertou o rosto quente com as mãos. Uma filha. Uma jovem de quase quinze anos. Sua barriga doeu como se entrasse em trabalho de parto novamente. Angélica se dobrou com o antebraço no abdome. A saleta girou. Queria chamar Christopher para socorrê-la, mas aquele era um momento seu. Com olhos embaçados, ela continuou a ler.

□O ACORDO QUE FIZ COM O ADVOGADO E A AGÊNCIA, ME PROÍBE DE SABER DETALHES.

□Levantando-se, Angélica rodou na saleta como um bicho enjaulado. Puxou os cabelos e chorou. Onde estaria sua filha, seu amor?

□A mensagem da mãe terminou abruptamente. Sem forças, Angélica jogou-se na cadeira. A informação era uma gota no oceano do amor que ela tinha por sua filha. Seu anjo.

□Angélica considerou desistir da festa na casa da Viola, mas precisava conversar com Christopher. Também não poderia desapontar Natália, que usaria o vestido novo. Ela ajoelhou-se ao lado da cama e pediu a Deus que lhe desse forças. Ficou naquela posição por um tempo até que se levantou, enxugou os olhos e assoou o nariz. Da janela, ela viu os grossos flocos de neve da tempestade que prometia chegar em poucas horas.

□Na hora da festa, Angélica pegou o carro e foi dirigindo pelas ruas brancas. Recusara a carona de Christopher porque queria chegar antes dele e o receber com o vestido azul esverdeado. Deixando a grande angústia guardada no peito, ela entrou na casa de Viola. Estela e Geraldo já estavam ajudando a anfitriã com as comidas. Sálvio, de *smoking*, recebeu Angélica e guardou seu casaco.

□Amelie chegou em seguida com o marido, Mateo, prefeito de Hope Lake. A música alegre de Natal não conseguiu tirar a agitação velada de Angélica. Ela cumprimentou os amigos com sorrisos, mas seu coração chorava.

□Em seguida, Marina chegou com o marido e a filha. Larissa correu até a árvore para apreciar a decoração.

□A campainha tocou, e Angélica correu para a porta. Christopher, de terno preto e gravata chumbo, beijou o rosto de Angélica e lhe entregou um pequeno buquê de flores secas. Natália a cumprimentou, tirou o casaco e rodou, a saia rendada do vestido curto fazendo uma onda. Ela foi falar com a prima.

□"Você está maravilhosa," Christopher disse.

□Angélica passou a mão no rosto barbeado dele. "Te amo."

□Ele examinou o rosto dela. "Está tudo bem?"

□"Recebi uma mensagem da minha mãe. Depois conversamos."

□De mãos dadas, eles foram se juntar aos convidados e anfitriões, que conversaram animadamente com o novo casal. Geraldo e Estela começaram a servir as entradinhas salgadas. Outros convidados chegaram, muitos que Angélica conhecia da livraria e do hospital.

□Natália aproximou-se de Angélica e sussurrou em seu ouvido:

□"Posso falar com você?"

□Christopher piscou para a namorada e foi conversar com Mateo. Angélica levou Natália para o segundo ambiente da sala de estar com as quatro poltronas em volta da mesa de centro. Elas se sentaram.

□"Tudo bem? É a ansiedade?"

□Natália balançou a cabeça negativamente. "Estou melhor. Quero lhe dizer uma coisa que não falo para quase ninguém." Ela mordeu o canto da unha do polegar.

□"Claro. Pode confiar em mim." Angélica sorriu, apesar do coração ainda sangrando.

Natália olhou ao redor. Acenou para o pai e se virou de volta para Angélica. "Sou adotada."

Angélica sentiu a poltrona ficar mole como gelatina. Sua cabeça parecia um balão de gás. Ela não conseguia focalizar o rosto de Natália. Ela ouviu a declaração como se fosse um eco numa gruta: Sou adotada, sou adotada, sou adotada.

"Você está bem?" Natália apertou a mão de Angélica.

"Adotada? Quando você nasceu?" Seus lábios se colaram.

"Vinte e cinco de dezembro. Há quinze anos."

Angélica levantou-se. A sala girou. Ela caiu na escuridão.

Capítulo 32

A testa esfriou. Algo pegajoso passava por sua pele. Os barulhos abafados foram ficando mais claros, e Angélica acordou assustada. Ela levantou o tronco e apoiou os cotovelos num lugar macio. Abrindo os olhos, ela viu o rosto de Christopher.

"O que aconteceu?" Ela olhou ao redor. O quarto de paredes cremes e decoração elegante era desconhecido de Angélica. "Onde estou?" O barulho de vozes respondeu à pergunta.

Christopher elevou o travesseiro e fez Angélica recostar-se nele. "Você desmaiou." Os olhos no semblante sério examinaram Angélica.

Ela soltou um soluço. "Natália. Onde está Natália?"

"Preocupada. Acha que você desmaiou por causa do que ela falou."

As lágrimas rolaram no rosto de Angélica. Ela agarrou o braço dele. "É muita coincidência. O que você sabe?"

◻Christopher largou a toalhinha molhada na mesinha de cabeceira. "Só o que você sabe." Ele levantou-se. "No dia em que recebemos o telefonema dos pais de Alice sobre um bebê, corremos para o hospital de Aurora. O que aconteceu a seguir ainda não é muito claro para mim. As conversas veladas, o advogado. Eu não tinha tranquilidade naquela situação, mas Alice e os pais insistiam." Ele correu os dedos pelo cabelo. Foi até a janela e virou-se para Angélica. "Não sei o que ela queria provar. Éramos novos, imaturos. Quando avisaram que o bebê tinha nascido, eu fui para o berçário. Os bebês estavam enfileirados naqueles bercinhos de plástico, enrolados como charutos. Uma enfermeira entrou com um bebê recém-nascido e começou a enrolá-lo numa manta. Nessa hora, uma mulher da idade da minha mãe apareceu do meu lado. Ela falou alguma coisa sobre despedida. Não entendi. Estava confuso. Era como se um terremoto chacoalhasse o hospital, e tudo ia acontecendo sem fazer sentido. Horas depois, Alice veio me avisar que estava tudo acertado. Não sei como fizeram a adoção."

◻Angélica pegou a toalhinha úmida e limpou o nariz. "A certidão de nascimento. O que diz?"

◻Christopher abaixou a cabeça. "No meu nome e de Alice." Ele aproximou-se de Angélica e se sentou na beira da cama. "A certidão original com o nome dos pais biológicos está selada. Não temos acesso. Isso sempre me atormentou. Dias depois, fui falar com o advogado. Ele me dispensou. Tinha medo de que eu abrisse a boca. Ele se aposentou um mês depois e foi morar em outro país. Quando eu disse à Alice que aquilo era errado e que precisávamos arrumar a situação, ela fez um drama. Os pais intervieram, dizendo que era irreversível. Não me restou mais nada a não ser cuidar da Natália. Ela ganhou meu coração. Meu casamento sofreu com a mentira. Quase nos separamos. Para o bem da Natália, procuramos ajuda e nos acertamos."

□"Natália sabe disso?"

□"Por alto. Com a morte de Alice, não quis manchar a imagem dela com a filha. Por causa dos nossos nomes na certidão, ela teve dificuldade em aceitar a adoção. Por isso ela não fala com qualquer pessoa. Fiquei surpreso por ela ter contado isso para você hoje, num dia de festa."

□"E como posso ter certeza?" Ela apertou os olhos com os dedos.

□"DNA."

□Angélica olhou para ele. "E Natália aceitaria?"

□"Preciso conversar com ela sobre a hipótese."

□"E se ela me odiar?" Angélica soluçou.

□Christopher esfregou a testa. "Outro dia achei o diário dela, aquele que você fez, aberto no chão. Ela declarou que era muito difícil perder as duas mães. Imagino que a crise de ansiedade dela tenha a ver com isso."

□"E agora?"

Ele passou os dedos pelo rosto dela. "Quero pedir perdão a você. A ela. Sei que fui fraco ao me deixar levar por isso, mas me arrependo de não ter exigido clareza."

"Você não participou."

"Mas também deixei acontecer."

"Eles eram mais fortes que você." Angélica apertou a mão dele.

Christopher segurou nos ombros de Angélica. "Olhe bem para mim. Vou fazer o possível para esclarecer isso. Não quero esse tormento para mim, para você e para Natália. O que não for possível, vou pedir um milagre. Natália tem o direito de saber. Você tem o direito de saber. Cabe a mim lutar por isso." Ele beijou a testa de Angélica. "Se está melhor, vamos aproveitar a festa. Talvez tenhamos muitos motivos para celebrar."

Angélica levou a mão ao cabelo bagunçado. "O que vai falar com a Natália?"

"Que você está melhor, e que vamos conversar amanhã. Não vai ser fácil, mas necessário. Está preparada?" Ele beijou as mãos dela.

"Ansiosa, mas preparada."

Ele apontou para a porta ao lado do armário embutido. "O banheiro é ali. Espero você na sala. Todos estão preocupados."

Angélica se levantou. As pernas bambearam, mas logo se equilibrou. "Estou com medo."

□"Lembra-se do que aconteceu na cozinha?" Ela assentiu com a cabeça. Ele continuou, "Não estamos sozinhos." Ele saiu do quarto, puxando a porta atrás de si.

□Angélica foi para o banheiro. Limpou os olhos e arrumou o cabelo. Olhando-se no espelho da pia, ela imaginou se seria mesmo possível que Natália fosse sua filha, seu anjo. De qualquer forma, a jovem já ocupava um grande espaço no seu coração. Angélica seguiria o conselho de Christopher e esperaria até o dia seguinte para que ele tivesse a conversa com a filha.

□De volta à sala, ela disse aos convidados e anfitriões que tinha melhorado. Viola e Amelie a cercaram de cuidados até garantirem que a amiga estava bem. Natália veio até ela e a abraçou.

□"Fui eu que fiz você passar mal?" ela perguntou.

□"De jeito nenhum. Estou com uns problemas pessoais que estão me preocupando." Angélica olhou para a jovem com outros olhos. Como era possível tanto amor? "Vou ficar bem."

□Natália sorriu. "É bom mesmo, porque temos duas árvores de Natal para decorar amanhã." Ela saiu na direção de Larissa, que abria um jogo de tabuleiro na mesa de centro.

□A festa continuou noite adentro com música, comida e conversa. Angélica observava tudo, mas seu coração tinha um propósito: saber mais sobre Natália e a adoção.

Depois do jantar, Mateo anunciou que precisava sair para destacar funcionários para limpar a neve das ruas. A tempestade tinha largado quase meio metro de neve na cidade.

"Ninguém precisa ir embora," Sálvio anunciou. "Vamos seguir com a festa e quem quiser dormir, temos três quartos para hóspedes."

Estela e Geraldo aceitaram a sugestão. Viola os levou pelo corredor. Os convidados menos chegados do casal aproveitaram para se despedir. Amelie, Viola e Sálvio sentaram-se perto de Natália e Larissa, que jogavam um jogo de formação de palavras. Logo os outros se animaram e entraram para o jogo.

Christopher levou Angélica para o sofá ao lado da lareira. Ele passou o braço pelo ombro dela.

"Quando você escorregou a primeira vez na frente de casa, tivesse um pressentimento que minha vida mudaria."

Ela deitou a cabeça no ombro dele. "Desse jeito tão complicado?"

"Não foi você quem complicou. Tenho convicção de que tudo vai descomplicar agora. Quero viver em paz com minha consciência. Quero viver em paz com você."

Angélica inclinou a cabeça e olhou para ele. "O que está dizendo?"

"Que assim que a situação for esclarecida, quero fazer planos com você." Ele tirou uma mecha de cabelo do rosto dela.

◻"Planos?" O coração dela palpitou.

◻"Muitos e para já. Quanto tempo acha que consigo ficar longe de você? Não sou de ferro."

◻Ela riu. "Ainda bem que não." Angélica se aconchegou mais no abraço dele. Orou para que Deus a tirasse do carrinho bate-bate e lhe desse uma estrada mais reta.

Capítulo 33

Hope Lake acordou como um grande bolo coberto de chantili. Mateo passara a noite em claro administrando os esforços de limpeza da cidade. Ele voltara para a casa de Viola às seis da manhã, avisando que as ruas estavam abertas.

□Angélica, que tinha dormido no sofá nos braços de Christopher, voltara para casa após o aviso de Mateo. Christopher ficara esperando Natália acordar.

□Depois de uma ducha, Angélica se arrumou para receber Christopher e Natália para o café da manhã, a decoração da árvore e a grande conversa. Ela enfiou o suéter de gola rolê vermelho e a calça azul-marinho, e penteou o cabelo, colocando uma fita de malha vermelha.

□Na cozinha, ela espetou uma faca no bolo que assava no forno e espremeu laranjas para o suco. A mesa estava posta com louça branca e guardanapos de pano natalinos.

Às dez em ponto, a campainha tocou. Para sua surpresa, era Sr. Orlando com o moço alto que ela vira no dia anterior.

"Vim apresentar meu neto," o homem falou com um sorriso. "Vítor, esta é Angélica, de quem lhe falei."

O jovem apertou a mão da enfermeira. "Obrigada por cuidar do meu avô. Estou de mudança para Lenox e vai me ver mais por aqui."

Angélica abraçou o homem idoso. "Que felicidade! Um grande presente de Natal."

Eles conversaram mais um pouco até que avô e neto voltassem para o apartamento ao lado. Milagres. Angélica pensou em sua mãe. O que ela diria do que estava acontecendo? Do que viria a acontecer?

A porta do elevador se abriu. Natália correu até Angélica e a abraçou. Christopher veio atrás com o semblante curioso.

"Meu pai me falou," Natália disse. "Não sei o que vai acontecer, mas quero saber."

Os olhos de Angélica encheram-se de lágrimas. Ela abraçou Natália e olhou para Christopher. Ele disse:

"Tomei a iniciativa de deixar tudo esclarecido. Não é sua obrigação. Tenho dívidas do passado e prometo pagar todas."

O constrangimento entre os três foi se dissipando durante o café da manhã e a decoração da árvore. Pareciam ter entrado em um acordo de aceitar o que viesse pela frente. Angélica admirou a maturidade de

Natália e a hombridade de Christopher. Seu coração
estava repleto de gratidão. Mesmo que o DNA dissesse
o contrário, Angélica considerava Natália como filha. Se
ela e Christopher avançassem no relacionamento, a alegria
estaria completa. Seu presente duplo de Natal. Nada
poderia ser mais perfeito no momento atual da sua vida.
O apartamento ao lado provava que milagres aconteciam.
Sr. Orlando exibira um sorriso contagiante. Não estaria
sozinho no Natal e nos próximos anos com o neto em
Lenox. Talvez Vítor fosse o pioneiro em trazer a família de
volta para o homem idoso.

◻Christopher enlaçou a cintura de Angélica, que
observava Natália colocar os últimos enfeites na pequena
árvore de Natal no canto da sala.

◻"Gosto do seu sorriso. No que está pensando?" ele
perguntou.

◻Angélica encostou a cabeça no ombro dele e apertou
sua mão quente. "Que minha vida não poderia ser melhor.
Devo isso a você e à Natália."

◻A jovem olhou para os dois e sorriu, voltando a se
concentrar na decoração do pinheiro.

◻"Sabemos que a intervenção foi sobrenatural," ele
disse.

◻Ela puxou o braço dele para que apertasse mais sua
cintura. Gostava muito da proximidade de Christopher,
do seu abraço e do hálito em seu pescoço. "Não tenho
dúvidas disso. É muito além do que eu sonhava."

Natália virou-se. "Falta um anjo no topo da árvore."

Angélica se desvencilhou dos braços de Christopher, correu até a saleta e voltou com o anjo. "Este anjo é uma lembrança da minha juventude. Apesar das grandes frustrações e tristezas, posso dizer que sou uma mulher feliz." Ela entregou o anjo para Natália. "Existem anjos no céu, mas há anjos na Terra. Pessoas especiais que Deus coloca no nosso caminho para nos completar." Ela enxugou uma lágrima com as costas da mão. "Vocês são esses anjos."

Natália aproximou-se e abraçou Angélica. Christopher veio a seguir e enlaçou a namorada e a filha.

Ah, que lugar seguro! Angélica explodia de emoção, rindo e chorando.

O pequeno grupo terminou a árvore e foi para a casa do lago, onde o processo recomeçou. O enorme pinheiro nu ocupava o canto entre a lareira e a parede de vidro. A noite precoce de início de inverno caía rapidamente. O sol escondia-se atrás das árvores ao redor do lago, e as estrelas começaram a perfurar o céu escuro. Christopher ligou o som da casa. A música deles foi se espalhando por todos os cômodos. *Noite santa, ouça a voz dos anjos.*

Christopher pediu uma pizza de almoço para não interromperem o trabalho com fogão e panelas.

Quando a decoração ficou pronta, Natália avisou que iria para o quarto ler e escrever. "Amelie está terminando um livro de YA, desses para jovens. É uma fantasia. Ela me mandou os primeiros capítulos para eu ler. Viola está ajudando-a com dicas de escrita. Achou demais."

□"Achei fantástica a ideia de Amelie. Feliz por ela. Quem sabe você também não se anima para escrever?" Angélica sentou-se no braço do sofá.

□Natália sorriu. "Na verdade, estou tentando escrever um conto no diário que você fez. Quando fico com ansiedade, escrevo algumas linhas e me sinto melhor." A jovem saiu, enquanto arrumava o rabo de cavalo.

□Christopher puxou Angélica para o sofá. "Agora somos eu e você." Ele a abraçou pelo ombro.

□Angélica olhou para a árvore iluminada. Ela suspirou. "Um Natal inesquecível."

□Ele afastou-se um pouco. "Quero dar seu presente agora."

□Ela arregalou os olhos. "Presente? Ainda estou fazendo o seu."

□Christopher ajoelhou-se de frente à Angélica. Tirou uma caixa de veludo do bolso da calça preta. Com cerimônia, ele estendeu a caixinha na direção dela e a abriu. As minúsculas pedras azuis brilharam no anel de prata. A parte de cima era retorcida, lembrando asas de anjo. "Tive a certeza de que este seria o anel." Ele pegou a mão direita de Angélica.

□Incapaz de falar, ela olhou para o anel deslizando pelo seu dedo. Olhou para o homem à sua frente. Lágrimas escorreram, caindo na perna da sua calça azul-marinho.

Um *flashback* passou como filme na cabeça de Angélica: ela caminhando na pista, chegando à casa de vidro, curiosa para saber dos moradores. Ela escorregando no gelo e sendo amparada pelo homem de cachecol amarelo. O mesmo homem ajoelhado, colocando o anel de noivado em seu dedo.

Ele levantou o rosto. "Angélica, você me dá a honra de ser minha noiva, minha esposa?"

Em resposta, ela trilhou um caminho no cabelo dele com os dedos. "Com uma condição."

Christopher inclinou a cabeça. "Qualquer uma."

"Que Natália participe de tudo o que acontecer daqui para frente. Não sei quais os seus planos, mas quero que ela faça parte."

Ele a puxou para si. "Não existe mulher de coração maior que o seu. O seu desejo é o meu." Com as mãos aninhando o rosto de Angélica, ele a beijou.

Depois eles se levantaram. De mãos dadas foram para o quarto de Natália. A jovem escrevia, sentada na cadeira de balanço que pendia da viga. Ela balançava lentamente. Angélica considerou como seu coração aguentaria tamanha felicidade.

"Filha," Christopher a chamou.

Natália virou a cadeira. Ela segurava o diário que o pai lhe dera e uma caneta com plumas na ponta.

Angélica e Christopher se aproximaram. Ele disse:

"Quero lhe apresentar minha noiva."

Natália levou um instante para absorver a declaração. Em seguida, ela saltou da cadeira, que girou no meio do quarto. "Verdade?"

Angélica estendeu a mão e lhe mostrou o anel. "Se você me aceitar."

Natália largou o diário e a caneta na cadeira e abraçou o pai e a noiva. Ela se afastou e pegou o diário. Abriu-o em uma folha específica e o mostrou para o casal.

Angélica leu as letras em caligrafia:

"O Anjo de Natal: A história da menina que perdeu e ganhou sua mãe."

Os três se olharam. As pernas de Angélica bambearam. Ela abraçou o diário. "Vocês estão fazendo um complô para eu morrer de emoção?"

Pai e filha riram.

"Viola me disse para escrever o que vinha do coração," Natália falou.

"Acho que eu vou ter que escrever um livro também." Angélica devolveu o diário para Natália.

"E quando vai ser o casamento?" Christopher perguntou.

Natália sentou-se na cadeira e a balançou levemente. Como uma juíza que analisava um grande caso, ela olhou para o casal à frente. "Vocês dois já são bem grandinhos. Não vão querer ficar de namoradinhos se escondendo de mim para dar seus beijos." Angélica riu. Natália continuou, "Sugiro logo depois do Natal."

□"Assim será," Christopher falou.

□Quando Angélica voltou para casa mais tarde, ela já tinha a data para anunciar aos amigos. Ela saiu do elevador, admirando o anel, determinada a passar no apartamento do Sr. Orlando. Porém, parou ao ver a mãe e tia Silvia esperando à porta de casa.

Capítulo 34

J oy estava a postos. Depois da celebração do noivado na casa do lago, ela acompanhou Angélica de volta ao apartamento. Já tinha recebido um aviso de que Regina tinha chegado de viagem. O encontro seria decisivo. A parte boa era que a irmã tinha vindo junto, o que facilitaria o plano de Joy, que tinha recebido a nova missão de ajudar Silvia, assim que a missão com Angélica, Christopher e Natália fosse cumprida.

☐Passando pela porta fechada, Joy esperou as três mulheres entrarem. Ela tomou seu lugar na cozinha, aguardando o desfecho da história.

☐"Que surpresa," Angélica disse. A alegria que trouxera da casa do lago foi diminuindo como uma chama de vela que se extinguia. Ela se repreendeu. Não poderia viver à mercê do antagonismo da mãe. Pelo menos tia Silvia tinha vindo como escudo. "O médico liberou?"

▢Regina passou o dedo pela cicatriz da cirurgia no pescoço. "Estou bem, mas tenho outras coisas para tratar." O tom de voz não era desafiador como de costume.

▢Angélica colocou uma chaleira de água para ferver e fez um sinal para mãe e tia se sentarem à mesa. "Algum problema?"

▢Silvia abriu o casaco marrom de lã e fez um sinal para Regina falar. "Não é problema. É solução. Assim oro e espero."

▢Regina entrelaçou os dedos em cima da mesa. O canto dos lábios repuxou. "Não quero repetir todos os argumentos para justificar o que fiz no passado. Fiz o que achei ser o melhor na época." Ela olhou para Angélica. "Nosso relacionamento sempre foi truncado. Não tenho como refazer nada. De uns tempos para cá, algumas coisas estranhas têm acontecido comigo."

▢"De saúde?" Angélica tirou a chaleira do fogão e encheu três canecas. Colocou-as na mesa e sentou-se com uma caixa de chá.

▢Regina balançou a cabeça negativamente. "Não de saúde. Lembra-se do que aconteceu com minha bolsa aqui? Ela sumiu e apareceu na sala. Achei que meu cérebro estava pregando peças. Coisas semelhantes aconteceram antes e depois. Numa delas, achei uma caixa no porão de casa toda esparramada. Nela, coisas que eu tinha guardado e selado estavam no chão." Regina abriu a bolsa que estava no colo e tirou um envelope. "São as poucas fotos que tirei da sua gravidez."

□Angélica pegou as fotos, uma a uma. Viu sua imagem jovem com a barriga aparecendo sob a blusa branca. Seu bebê estava ali, aconchegado no ventre. Sua mãe continuou:

□"No dia do parto, fui até ao berçário ver a neta com quem eu nunca teria contato. Um rapaz estava com o rosto colado no vidro de separação. Os bebês nos berços de acrílico dormiam. Eu apontei para minha neta quando a enfermeira entrou com ela. Falei ao rapaz que estava me despedindo. Obviamente ele olhou para mim com estranheza." Regina apertou o braço da filha. "Reconheci os olhos do homem outro dia."

□Angélica deixou as fotos na mesa. "Não entendi. O que esse homem tem a ver com a história?"

□"Seu amigo Christopher." Regina deu de ombros. "Uma sensação estranha bateu em mim. Ele é o rapaz da maternidade. É o pai adotivo do bebê."

□Angélica sentiu-se caindo da cadeira. Christopher. O bebê. Natália. Ela se agarrou à beira da mesa. O corpo tremia.

□"Angélica," Silvia a segurou pelos ombros. "Beba o chá. Está pálida."

"Tem certeza, mãe? Tem certeza disso?" A voz dela tremia.

"Você o conhece bem? Ele tem uma filha?" Regina perguntou.

Angélica estendeu a mão direita sobre a mesa. Os dedos tremiam. "Eu e Christopher estamos noivos."

Silvia soltou um soluço e levou as mãos ao rosto. "Jesus!"

Regina apertou a testa com os dedos. "Posso estar enganada. Depois de tanta coisa estranha acontecendo em casa. A caixa com as fotos esparramadas, a bolsa que sumiu e apareceu, as luzes de casa que acendiam e apagavam sem mais nem menos. Mas não quero levantar suspeitas e machucar você mais ainda."

Angélica respirou fundo. "Natália nasceu no dia de Natal. No mesmo dia. No mesmo hospital. Eu e Christopher já tínhamos essa desconfiança. Ele me contou da mulher que falou com ele no berçário. As histórias batem." Ela se levantou e olhou para a mãe e a tia. "Natália sabe de tudo isso. Decidimos fazer DNA. Mas já concordamos que com ou sem o resultado que esperamos, seremos uma nova família."

Silvia chorou e limpou o rosto com o guardanapo de papel. "Milagres."

"Nem tudo que parece perdido está perdido," Regina falou.

Angélica olhou para a mãe com surpresa. "Onde ouviu isso?"

"Uma mulher no banheiro do posto de gasolina na entrada de Hope Lake. A faxineira, acho," Regina falou.

Angélica começou a rir. O riso não parava e contagiou sua mãe e Silvia. Ela se dobrou, riu mais e chorou.

"O que é tão engraçado?" Regina perguntou.

Entre risos, Angélica falou das aparições da mulher de cabelo branco. Os olhos das duas mulheres se arregalavam conforme Angélica lhes contava.

A campainha tocou. Silvia levantou-se e foi atender.

"Posso conhecer melhor seu noivo e a filha?" Regina perguntou.

"Faço questão. Vou mandar uma mensagem e vamos lá." Angélica tirou o celular do bolso e digitou a mensagem.

Silvia voltou à cozinha. O sorriso coloria o rosto. "Um distinto homem de bengala quer falar com você. Orlando. Vizinhança interessante a sua."

Angélica puxou a tia para a sala. Cumprimentou o vizinho, que sorria.

"Ouvi barulhos e vim ver o que estava acontecendo," ele disse.

"Um milagre aqui em casa também," Angélica falou. Ela apresentou a tia ao vizinho. O aperto de mão demorou um pouco mais do que o necessário.

Regina veio para a sala. Olhou para Sr. Orlando. Forçou um sorriso. "Feliz Natal adiantado."

"Feliz Natal," Orlando retribuiu.

"Tia, eu e mamãe vamos à casa de Christopher. Por que não convida Sr. Orlando para um chá? Tem ingrediente para bolo no armário. Sr. Orlando gosta bem de um bolinho."

Silvia e o vizinho sorriram.

"Não quero incomodar, mas não resisto a um bolo. E a uma boa companhia." Ele entrou, balançando a bengala como um dançarino de musicais.

Vestindo os casacos, mãe e filha saíram com destino à casa do lago.

Capítulo 35

Christopher e Regina se olharam longamente. Angélica segurava a mão de Natália. Seria aquele o grande desfecho da angustiante história que tomava um rumo inesperado?

A música de Natal anunciava o nascimento do Salvador. Como o bebê de Angélica, ele chegara ao mundo, vulnerável. Ele tinha uma missão: salvar a humanidade. O bebê tinha propósito ao ser criado à imagem e semelhança do Criador.

Regina aproximou-se de Christopher. "A despedida é dura, mas necessária."

Ele pareceu considerar as palavras. As sobrancelhas arquearam. "A senhora... no berçário da maternidade."

"O bebê que lhe mostrei?" Regina perguntou.

Christopher olhou para Natália, que chorava com a cabeça no ombro de Angélica. "Minha filha."

Regina procurou apoio no encosto do sofá. Christopher ajudou-a a se sentar.

"É possível? Depois de quinze anos?" ela falou com voz entrecortada.

Angélica e Natália se aproximaram. Christopher as abraçou.

Cantam os anjos em harmonia; glória ao Rei que nasceu. Deus e pecadores reconciliados. A música encheu a sala. Os anjos pareciam dançar, tocar trombetas. Os olhos de Angélica se encheram de uma luz indescritível, como se o sol brilhasse no ambiente.

Regina estendeu a mão trêmula para Natália e a fez se sentar ao seu lado. "Me perdoe, minha neta." As lágrimas desceram pelo rosto da mulher, pela cicatriz no pescoço.

Angélica agarrou-se à cintura de Christopher, que a acolheu. Ela olhava fixamente para as duas: neta e avó.

"Ser filha da Alice e Christopher foi um dos maiores presentes que tive. Não consigo entender isso tudo, mas um dia irei. Eu te perdoo." Natália foi até Christopher. "Eu te amo, pai. É o único pai que quero conhecer." Ela olhou para Angélica. "Não quero saber do meu pai biológico. Se ele te deixou sozinha, não vale a pena conhecê-lo."

"O que você quiser, minha filha." Angélica riu. "Minha filha. Meu anjo." Ela abraçou a jovem.

Regina levantou-se. "Não tenho como restituir o que foi perdido. Se vocês acharem por bem, gostaria de ter a honra de ser incluída nessa nova história."

Angélica aproximou-se da mãe. "Sempre desejei incluí-la na minha história. Não é tarde."

"Temos um casamento para planejar," Christopher completou.

"Quero saber do meu avô," Natália falou.

"Um homem paciente e misericordioso para me aguentar," Regina falou.

A noite caiu na casa do lago. A família reunida contava sua parte da história. As lacunas iam se preenchendo, formando os capítulos passados que foram apagados pelo erro. A luz mostrava os personagens que caminharam pelas estradas tortuosas até se encontrarem em Hope Lake.

Joy assistia da sua viga favorita no teto, rindo e batendo palmas. Uma missão especial.

No dia seguinte, a história correu pela pitoresca cidade. A restauração da família foi assunto às mesas dos moradores. Viola e Amelie fizeram uma festa de noivado para a amiga. Regina, que ficaria só mais um dia, decidiu aceitar o convite da filha para passar o Natal. Silvia não hesitou ao ouvir o convite. Ela e Orlando passavam o dia juntos, preparando a chegada de outro neto do homem.

No dia da festa de noivado, Angélica entregou os presentes de Natal que tinha feito para Christopher e Natália. Para ela, uma linda capa de proteção de livros com pequenos anjos no tecido delicado e enfeitado com rendas.

Natália abriu o pacote e puxou a capa de livro. "Que linda, Angé... Mãe."

A música natalina tocava. O coração de Angélica palpitava. No canto da sala de Viola, ela puxou Natália e Christopher para mais perto.

"Abra a capa," ela disse.

Natália abriu a aba com velcro. De dentro tirou um livrinho de pano e um papel dobrado. Ela olhou para Angélica.

"Todos esses anos eu lia essa história da ovelhinha que se perdeu do pastor. Era como eu imaginava você longe de mim." Angélica engoliu em seco. Olhou de Christopher para a filha. "Que bom que você teve dois bons pastores para cuidarem de você. Sou grata a seu pai e à Alice. Nunca lhe faltou amor."

Natália abriu o papel amarelado. A impressão de um pezinho lhe contou uma história. Ela passou a mão na imagem gasta pelos quinze anos. "Minha primeira pegada de muitos passos." Natália abraçou Angélica. "E que bom que nos encontramos."

Os convidados riam. Angélica, Christopher e Natália derramaram algumas lágrimas. Eram duas formas opostas de expressar alegria.

"E estaremos sempre juntos," Christopher abraçou a noiva e a filha.

Pegando a sacolinha de papel brilhante da poltrona, Angélica entregou-a a Christopher. Ele abriu o presente. Um quadro de moldura branca mostrava três penas de pássaro feitas de tecido: uma vermelha, uma lilás e uma amarela. No canto da sala de Viola, com o barulho da agitação da festa, Angélica disse:

"A pena vermelha sou eu, a lilás, Natália, a amarela, você."

Ele esticou o braço, segurando o quadro. "Por que sou a amarela?"

Angélica riu. "Seu cachecol amarelo foi uma das primeiras coisas que vi quando escorreguei no gelo. Virou sua marca."

"Os anjos. Estão nos vendo, não é?" ele perguntou.

"Sempre," ela respondeu.

Christopher deixou o quadro no aparador e abraçou sua noiva. "Feliz por ter me mudado para a casa no lago da esperança. A fonte é inesgotável."

Natália beijou os dois e saiu para o meio da festa, segurando seu presente apertado no peito. Foi na direção de Amelie, que conversava com Regina.

Ao lado da lareira, Angélica entregou seus lábios a Christopher. Seus pés flutuavam. Seu coração dançava. Seria possível ouvir a voz dos anjos?

Epílogo

Noite de paz, é Natal. De braços dados, Angélica e Christopher cantarolaram com o coral no coreto da praça. As luzes do grande pinheiro piscavam, pintando a neve de azul, vermelho e verde. Cheiro de maçã do amor e canela flutuavam no ar frio, convidando os moradores de Hope Lake para provarem a delícia caramelada.

O casal se aproximou da pista de patinação, onde Natália girava com segurança. Larissa tentava acompanhar as acrobacias em vão. Além da patinação, mãe e filha tinham muito em comum. O gosto pela leitura e histórias de Natal, o interesse por artesanato e, o melhor de tudo, Christopher.

Natália deslizou até a borda da pista e parou. "Então?"

"Profissional," Angélica disse. Seus olhos brilhavam de amor. Ela e Natália passavam todas as horas que as duas tinham de folga juntas. Nunca mais Angélica ajudara um parto com o coração apertado. Ela contava para as pacientes sobre sua linda filha.

"Está na hora," Christopher disse.

Natália despediu-se de Larissa. "Nos vemos mais tarde."

Angélica, Christopher e a filha entraram na caminhonete e foram para a casa do lago. A decoração de Natal estava pronta e o aroma de peru espalhava-se pelo ambiente. Uma hora depois, a casa recebeu os amigos de Hope Lake, Regina e Silvia para a celebração do Natal.

Como sempre, Estela e Geraldo assumiram o comando da cozinha, enquanto Viola, Regina e Silvia cuidavam para que ninguém passasse fome. O Sr. Orlando viera com dois netos, que se interessaram em saber mais sobre Hope Lake do próprio prefeito.

As horas passavam, a música inundava a casa e os convidados riam e conversavam. Christopher pegou Angélica pela mão e a levou para a porta de entrada. Tirou os casacos do armário.

"Vamos abandonar a festa?" Angélica perguntou, ao enfiar os braços nas mangas do casaco branco e enrolar o cachecol.

"Só por um instante." Christopher colocou a touca preta e abriu a porta. "Venha." Ele a puxou para fora, apontando o caminho com a lanterna.

Os dois subiram o terreno em declive, segurando-se um no outro para não escorregarem. Angélica ofegava.

Quando chegaram à linha de pinheiros, o que separava o terreno da casa da pista de caminhada, Christopher apagou a lanterna. Ele abraçou Angélica e a virou para o lago.

"O que vê aí?" ele perguntou.

"O lago e a casa," ela respondeu.

"Aqui nos encontramos naquele dia. No dia em que descobri que você faria parte da minha vida." Ele a beijou na testa.

"Você já sabia disso?"

"Um anjo me sussurrou."

Angélica olhou nos olhos brilhantes dele. "Sussurrou a mim também. Nunca imaginei que minha bisbilhotada fosse dar nisso."

"Quem entende os caminhos de Deus?"

"Que bom que não entendemos. Nossa imaginação é limitada demais. Nunca, nos meus sonhos mais loucos, pensaria numa história tão perfeita para nós." Angélica admirou a casa iluminada na beira do lago. Os convidados, seus melhores amigos, sua mãe, tia e filha reunidos ali. Um pedacinho do céu na Terra. Ela não podia ver, mas tinha certeza de que os anjos dançavam com os convidados.

Christopher virou Angélica para si. "Amanhã seremos um. Inseparáveis."

Ela sussurrou no ouvido dele. "Não vou precisar mais sair correndo, com desejo louco de enterrar a prudência?"

Ele a apertou pela cintura e beijou o pescoço dela, lutando para desenrolar o cachecol que servia de barreira entre a pele dela e seus lábios. "Nem de café quente derramado na perna."

□Angélica riu e puxou a cabeça dele para si, explorando os lábios do homem que seria seu marido em poucas horas.

□Mais abaixo, a casa ainda brilhava. Sombras esbranquiçadas como nuvens giravam ao redor da casa do lago da esperança.

Pairando sobre a casa iluminada, Joy e Haniel deram-se as mãos, emitindo uma luz que explodia como fogos de artifício. O propósito tinha se cumprido na vida de Angélica, Christopher e Natália. Essa união provocou um efeito em cadeia, aproximando quem estava longe e consolidando, ainda mais, as amizades em Hope Lake.

"Meu desejo é que os humanos se lembrem de que a festa maior acontece nos corações que se humilham e se arrependem," Joy falou, e Haniel concordou.

Juntos, eles ultrapassaram o teto da casa de vidro e se juntaram aos amigos, que se amontoaram ao redor da árvore de Natal.

Oh, noite santa de estrelas fulgurantes, Oh, linda noite em que Cristo nasceu, ele cantaram com vozes celestiais.

FIM

Alguns chamam isso de Fim, mas minhas histórias não acabam. Continuam em outros livros. Que tal baixar mais uma de esperança e graça?

Agradecimento

Repito que autores não escrevem e publicam sozinhos. Há muitas pessoas envolvidas nesse maravilhoso processo.

Sou sempre gratas aos leitores, tão amorosos e cuidadosos com minhas obras. Quero destacar a ajuda de Ana Carolina Lima, Michelle Macedo e Cintia Dany Oliveira por betarem essa história de Natal. As leitoras betas são parte fundamental do processo da escrita. Obrigada por darem do seu tempo para ler, em primeira mão, *O Anjo de Natal*.

www.ingramcontent.com/pod-product-compliance
Lightning Source LLC
Chambersburg PA
CBHW020358030726
47496CB00007B/2190